LES
PETITES CONTEUSES

PAR

Mme A. PIAZZI

ILLUSTRATIONS

PAR

BOCOURT, P. DAVIS, GILBERT, ETC.

PARIS.
LIBRAIRIE CH. DELAGRAVE
15 rue Soufflot.

LES PETITES CONTEUSES

LES

PETITES CONTEUSES

PAR

Mme A. PIAZZI

ILLUSTRATIONS PAR BOCOURT, DAVIS, GILBERT, ETC.

PARIS

LIBRAIRIE CH. DELAGRAVE

15, RUE SOUFFLOT, 15

1882

LES PETITES CONTEUSES

Les soirées sont longues l'hiver, à la campagne! On a beau se coucher à neuf heures, le dîner étant fini à six heures et demie, il reste presque trois longues heures avant que dame Brigitte, la vieille gouvernante, apparaisse au seuil de la porte, en nous invitant à aller nous reposer.

Nous étions six petites filles au château de Novarel, dans le Limousin ; trois sœurs et trois cousines; nos papas et nos mamans habitaient ensemble, ce qui doublait l'affection qui nous unissait. Nous aimions tout autant nos cousines que nos sœurs. Nous vivions si heureuses, si unies, si aimées! C'était un vrai nid d'oiseaux fortunés que le nôtre, nid de colombes ou de pinsons, comme vous voudrez. *Nid de petites pies,* nous appelait maman.

J'étais l'aînée des six, je m'appelais Marie, et j'avais treize ans au moment où commence ce livre. Jeannette et Pauline, mes cousines aînées, avaient, l'une douze ans, l'autre onze. Nous étions les trois grandes. Puis venaient ensuite mes sœurs Berthe et Marguerite, âgées de huit et dix ans, enfin ma petite cousine Eugénie qui avait sept ans. Nous avions la même grande chambre, avec trois lits jumeaux de chaque côté du mur, la même salle d'étude, les mêmes jouets et les vêtements pareils. — Nous nous comparions mutuellement quand nous étions couchées, le petit bonnet sur la tête, aux six filles de l'ogre que vint si méchamment égorger le petit Poucet. — Heureusement nous n'avions pas à craindre ce triste sort : nos papas n'étaient pas des ogres, il s'en faut, et s'ils aimaient tendrement les petits enfants, ce n'était pas pour les manger, mais bien pour les embrasser.

Il faut vous dire que nous avions aussi des frères. Mais ils étaient au collège, à Paris, et nous ne les voyions qu'aux vacances : ils se nommaient Louis, Charles, Henry et Édouard, et avaient de douze à quinze ans. C'étaient, vous le voyez, des garçons raisonnables.

— Dieu! qué les soirées d'hiver sont longues, à la campagne ! nous étions-nous dit souvent, lorsque, assises au coin du feu, nous avions épuisé la source des devinettes, charades, homonymes, *pigeon vole,* et du mouchoir lancé avec une syllabe, *le petit bonhomme vit encore, le comme ci comme ça,* et enfin *la bague introuvable.* — Les jeux assis sont assez variés, mais ils ont le défaut d'être courts, que pouvait-on donc imaginer de plus amusant?

Un soir, Jeannette me dit : — Pourquoi ne nous racontes-tu pas une histoire? c'est très gentil les histoires, et puis, pendant qu'on écoute on peut tricoter ou faire du crochet...

— Oui, oui, des histoires! crièrent les petites.

— Mais je n'en sais pas, mes chéries, leur répondis-je.

— Eh bien, quand on n'en sait pas, on en invente! dit Pauline, qui était debout, le coude appuyé sur la cheminée, présidant la petite assemblée.

— Oui, oui, inventons des histoires, ce sera très drôle, continua Jeannette. Moi, d'abord, je me sens inspirée... Je raconterai des nouvelles orientales, souvenir de notre séjour à Constantinople...

— J'aurai la spécialité des histoires napolitaines! s'écria Berthe, je connais bien Naples, puisque nous y avons passé tout un hiver...

— Quant à moi, dis-je, j'inventerai des contes de toutes les couleurs... de tous les pays...

— Et puis, ajouta la petite Eugénie, quand nos frères viendront, ils seront bien contents d'entendre tous ces jolis récits...

— Tiens! une idée! fit Pauline. Si nous écrivions sous la dictée de celle qui racontera? Nous ferions corriger ensuite nos petites histoires à miss Édith, notre gouvernante, et nous pourrions ainsi envoyer à nos frères l'écho de nos soirées d'hiver?

— Bravo! bravo! c'est une excellente pensée, au bout de quelque temps nous aurons fait un livre!

— Qui s'appellera?...

— *Les Petites Conteuses.*

— Oh! oh! m'écriai-je fièrement, il me semble que nous voilà lancées dans la littérature!

— Pourquoi pas? fit Pauline, il y aura peut-être avec nos frères des enfants qui passeront une heure agréable à nous lire! Tous les enfants aiment les histoires.

— Eh bien, si nous commencions ce soir? dis-je... Voyons, qui de nous racontera la première?

— Moi! Moi! Moi! s'écrièrent les fillettes en se levant toutes ensemble.

— Non, il faut que la plus âgée soit d'abord écoutée, dit Pauline. C'est Marie qui va nous conter une histoire de sa façon, vraie ou non, invention ou souvenir, nous serons indulgentes...

Je n'étais pas fâchée, je l'avoue, de mon droit d'aînesse. Je m'assis donc sur le canapé, entre Eugénie et Marguerite, Berthe s'était accroupie sur un tabouret, Pauline restait appuyée au marbre de la cheminée, tandis que Jeannette, un cahier sur ses genoux et la plume en main, écrivait sous ma dictée.

Un collier de corail, détaché du cou blanc de ma sœur Berthe, me procura le thème de mon premier conte que j'intitulai :

Les Caprices de la princesse Berthe.

— Ah! tu vas te moquer de moi? fit Berthe d'un ton chagrin, ce n'est pas bien de commencer ton rôle de conteuse par une taquinerie...

— Je ne veux pas faire allusion à toi, chère sœur, écoute mon histoire, et si par hasard l'héroïne te déplaît, ne suppose pas que j'aie voulu te peindre... ce n'est pas un portrait... c'est un conte...

Chaque soir, le cahier des *petites conteuses* s'enrichit d'une nouvelle histoire... Quelques-unes (les plus sérieuses) nous furent inspirées par miss Édith, notre collaborateur désintéressé.

Nous désirons vivement que nos frères et nos amis les enfants, pour lesquels nous avons écrit ce livre, puissent prendre quelque plaisir à le parcourir, et qu'ils disent, en tournant le dernier feuillet, ce mot charmant, qui est chez eux le signe de la plus grande approbation : *Encore*.

LES CAPRICES DE LA PRINCESSE BERTHE

I

Il y avait autrefois en Normandie, dans la splendide vallée d'Auge, un manoir féodal avec tours crénelées, pont-levis, murs épais, porte cloutée et fenêtres à carreaux gothiques. Des hommes d'armes veillaient aux alentours, toujours campés et prêts à partir en guerre, de nombreux varlets s'agitaient dans les cours intérieures, prenant soin des chevaux et fourbissant les armures. Les galeries du château, tapissées de riches tentures apportées d'Orient par les Croisés, voyaient passer de gentes *damoiselles* vêtues superbement de robes de brocard, de manteaux d'hermine et de coiffures brodées, suivantes de la duchesse de Normandie, très haute et très noble dame.

Dans une de ces galeries, éclairée par un beau soleil d'octobre, étaient un jour réunis le duc et la duchesse de Normandie, et leur fille unique la princesse Berthe, âgée de dix ans.

Entre le très vaillant seigneur et la gracieuse châtelaine, il s'élevait une vive discussion... La princesse Berthe pleurait... c'était très grave sans doute... car la princesse pleurait rarement.

— Oui, disait Berthe en sanglotant, je le veux ! je le veux !

— Tu veux ? malheureuse enfant ! disait la duchesse, tu ne crains pas de dire *je veux*, quand le roi dit *nous voulons* ?

— Et que veux-tu, ma Berthe chérie ? interrompit tendrement le duc en embrassant sa fille, je ferai tout pour que tu ne pleures pas... dis-moi ce que tu désires...

— Oh ! comme vous la gâtez, monseigneur, vous lui rendez un bien mauvais service ! murmura la duchesse...

— Eh bien ! dit Berthe avec un geste mutin, en essuyant ses beaux yeux, je veux qu'il neige, afin d'essayer les patins que le grand-duc de Moscovie nous a envoyés... Ce doit être si joli de voir patiner les filles d'honneur avec leurs longues robes, dans lesquelles elles ne manqueront pas de s'embarrasser... nos preux glisseront sur la glace avec leurs lances, qu'ils brandiront comme à la guerre... et moi, qui suis plus agile qu'eux, je tracerai des zigzags sur la neige, poursuivie par un lévrier qui aura peine à me suivre...

— Oui, ce serait un fort beau divertissement, j'en conviens, dit la duchesse, mais il fait un soleil splendide, l'air est tiède, et d'ici quelques semaines je doute bien qu'il neige, malgré votre volonté, Berthe, et la trop grande bienveillance de votre père...

— C'est bien cela qui me fait pleurer, sanglota la princesse, je veux de la neige...

La duchesse haussa les épaules et retourna à son métier à tapisserie, tandis que le duc cherchait à consoler sa fille ; mais Berthe était capricieuse, et tout ce qui ne cédait pas à ses désirs devenait la source de larmes intarissables.

— Ma chère enfant, ma bien-aimée, c'est bien désolant que cette idée-là te soit venue au mois d'octobre, disait ce faible père, comment pourrait-on avoir de la neige ? comment ?

Berthe, désolée, s'était réfugiée sur un grand canapé de bois sculpté ; à ses pieds s'étalaient de belles poupées habillées à la *Isabelle de Bavière*, dernière mode du jour. Des ménageries, des tournois, des jeux de dés, de bilboquet et de ballon erraient sur le tapis... la princesse les dédaignait... Le duc se creusait la tête comme s'il se fût agi de prendre une place forte ou d'organiser une croisade.

Tout à coup il s'écria :

— J'ai trouvé la neige !

Le Duc faisait danser les Pantins...

Et, tout heureux, il s'élança hors de la galerie, laissant Berthe étonnée, rougissant sous le regard sévère de sa mère qui lui disait :

— Encore un caprice qui nous coûtera cher ! Quand donc deviendrez-vous raisonnable ?

Le duc rentra quelques instants après l'air triomphant.

— Regarde ! dit-il à sa fille en l'entraînant vers une des fenêtres ogivales.

Les cours du château semblaient poudrées à blanc ; malgré le ciel bleu, le soleil resplendissant et l'air pur, la neige couvrait le sol, d'une épaisseur suffisante pour pouvoir patiner : déjà quelques varlets essayaient ces nouveaux engins de fer, et très inhabiles à glisser, tombaient les uns sur les autres comme des capucins de cartes.

En voyant ce miracle, la princesse Berthe battit joyeusement des mains et, sans prendre le temps de remercier le duc qui lui procurait le coûteux plaisir de patiner sur du sel (car c'était du sel qu'on avait jeté par sacs dans la cour), la jeune fillette s'élança dehors.

— Mon pauvre duc, vous vous ferez haïr de vos vassaux en agissant de la sorte, soupira la duchesse ; le sel était très cher, les pauvres s'en plaignaient, aujourd'hui ils devront manger leur souper insipide parce que Berthe a voulu patiner...

— Oui, je suis faible, je l'aime, dit le duc ; mais je suis si heureux de lui faire plaisir !...

Le duc n'achevait pas de parler qu'on entendit un grand cri : puis la porte s'ouvrit avec fracas : deux pages arrivèrent portant dans leurs bras la princesse Berthe qui venait de se donner une entorse en voulant patiner mieux que les autres... La Providence se chargeait de punir l'enfant gâtée.

II

Quelques semaines après, la princesse, encore condamnée à rester assise, forçait son père à lui jouer la comédie avec ses poupées. C'était un très curieux spectacle que ce duc, haut et puissant seigneur, faisant danser des pantins sur ses genoux, pour amuser sa fille. — La bonne duchesse s'offrait en vain à le remplacer: Berthe *voulait*, et ses caprices étaient des ordres. — Il lui fallait un souverain de Normandie pour faire parler des polichinelles!

Or, pendant que le duc cherchait à faire sourire Berthe, le son d'une trompette se fit entendre sous les fenêtres, annonçant un noble visiteur, et presque aussitôt le roi de France fit son entrée dans la galerie.

Le duc n'eut pas le temps de jeter les pantins, il se précipita aux genoux de son suzerain, qui piétinait sur les jouets de Berthe, sans plus de souci de les écraser.

— Mon vassal et cher cousin, lui dit le roi, je croyais te trouver au milieu de tes hommes d'armes, et je te surprends faisant l'office de nourrice à cette petite fille... Tu viendras quelques mois à la cour de France, Berthe, dit-il en se tournant vers la princesse effrayée, et là on te corrigera... les caprices n'auront plus raison d'être...

Berthe n'osa pas pleurer. Elle s'arracha des bras de ses parents, dont elle était gâtée, et partit pour Paris, à la suite du roi.

Chemin faisant, la princesse eut quelques caprices, qui furent singulièrement exaucés. Voulait-elle chevaucher un peu sur sa haquenée blanche? aussitôt on la mettait en litière. Exprimait-elle le désir de manger des gâteaux? on ne lui donnait que du pain de seigle. Voulait-elle mettre une belle robe de brocart pour paraître digne du royal cortège? on la vêtissait de bure, comme une fille de chambre. Elle arriva ainsi à Paris, bien triste et se repentant déjà d'avoir eu tant de caprices, puisque c'était à cause d'eux qu'elle se trouvait séparée de ses chers parents.

III

Berthe était depuis trois mois à la cour de France, et grâce au système sévère entrepris par le roi, elle se corrigeait de jour en jour. Elle n'avait plus qu'un désir maintenant : retourner en Normandie. Mais elle n'osait pas exprimer sa pensée, de peur de voir ce cher rêve tarder encore à se réaliser.

On était au mois de janvier. Il faisait froid, et autour du palais s'étendait un long tapis de neige. Berthe avait reçu l'ordre de sortir avec sa dame d'atour, et malgré ses vêtements fourrés, elle se sentait glacée jusqu'aux os.

— Tu aimes la neige, avait dit le roi, sors donc par ce beau temps !

Berthe marchait vite pour avoir moins froid, lorsque au bord du chemin elle rencontra une pauvre paysanne qui portait les vêtements de son pays : c'était une Normande.

Vite, la princesse s'approche et s'informe de ce qu'elle désire.

— J'ai faim et j'ai froid, dit la paysanne, et je n'ai plus un sol dans ma poche !

— Tiens ! dit Berthe, arrachant un riche collier qui ornait son cou, je n'ai pas d'argent, mais prends ce bijou et vends-le. Avant de continuer ta route vers Paris, dis-moi, ma bonne femme, que dit-on de neuf dans la vallée d'Auge ?

— On dit que, depuis que la princesse Berthe est partie, le vassal est plus heureux et le duc plus tranquille ; avec ses caprices aussi variés que les jours, cette jeune fille se rendait bien détestable à tous...

Berthe sentit ses yeux se remplir de larmes.

— Personne ne regrette donc la princesse ?

— Personne, si ce n'est sa vertueuse mère...

La pauvresse continua son chemin vers Paris et Berthe rentra toute triste au palais.

Le lendemain, elle apprit qu'une Normande avait été arrêtée, au moment où elle allait vendre à un joaillier un collier de corail qu'on reconnut pour appartenir à la princesse de Normandie.

La paysanne allait être pendue pour ce vol, dont on la croyait coupable. Berthe demanda aussitôt une audience au roi, et se jetant à ses pieds :

— Sire, mon doux seigneur, dit-elle, la paysanne est innocente, c'est

moi qui lui ai donné hier ce collier, n'ayant pas d'argent dans mon aumô-
nière et ne voulant pas la laisser mourir de faim.

— Quoi ! c'est vous, la princesse Berthe? s'écria la paysanne qu'on
avait amenée pour être jugée; vous ne m'en voulez donc pas de ce que
j'ai dit hier?

— Vous avez dit la vérité, brave femme, pourquoi vous en tiendrais-je
rancune? répondit simplement Berthe.

Le roi de France, touché des bons sentiments que témoignait la princesse, la renvoya dans son beau pays d'Auge et la paysanne fut admise à
sa suite.

Le duc et la duchesse trouvèrent leur fille mille fois plus belle et plus
aimable, elle n'abusa jamais de la bonté de son père, si ce n'est pour
faire des heureux.

Les caprices de Berthe se changèrent en vertus. Les vices châtiés à
propos s'arrachent aisément du cœur de l'homme comme la mauvaise
herbe qui pousse au champ. Mais il faut qu'elle soit jeune encore et n'ait
point de profondes racines.

LE COQ DE TÉRÉSINA

L'île de Capri s'élève au milieu du golfe de Naples comme une pierre précieuse dans un écrin d'azur. Des rocs inaccessibles, des montagnes couvertes de vignes, entourent d'un rempart protecteur la délicieuse ville.

Que de rêves dorés elle éveilla dans l'esprit des heureux de ce monde, que de poèmes charmants elle fit germer dans le cerveau des poètes, que d'admiration elle fait naître encore dans tous les cœurs !

Ciel, mer, ruisseaux, grottes, collines, tout est bleu. Palais, chaumières, églises rustiques, chemins sablonneux, tout est gai et clair ! Capri semble un rayon de soleil concentré sur terre : son vin, si renommé, en a pris le feu et la couleur.

Tandis que les pêcheurs arment leurs larges barques, y entassent leurs filets et les flambeaux de résine qui les éclairent la nuit, les femmes s'occupent à tresser la paille et forment ces jolis paniers, ces gracieuses corbeilles que vous avez dû plus d'une fois remarquer.

Le père de Térésina était un pêcheur, sa mère une vanneuse. Tous deux étaient pauvres malgré leur travail, car ces métiers-là sont peu lucratifs. Mais ils vivaient heureux, et Térésina, qui avait douze ans, allait à l'école avec son morceau de pain sec glissé dans sa brassière, les pieds nus et le cœur content.

La fillette était si studieuse, si obligeante et si peu bavarde que la maîtresse d'école lui fit un jour cadeau d'un petit poulet, en guise de premier prix de sagesse. Térésina revint à la maison, apportant avec joie ce nouvel hôte avec lequel elle partageait son modeste repas.

Le petit poulet qui avait été donné à Pâques était devenu à la Noël un magnifique coq au plumage multicolore, à la crête écarlate, aussi gras qu'un moine de l'abbaye de la Cava.

Térésina et *Galluccio* — c'était le nom du coq — étaient inséparables ; ils allaient se promener ensemble à la vigne, au bord de la mer, et lorsque la fillette entrait dans l'eau jusqu'à la cheville, Galluccio monté sur un récif, la rappelait de sa voix la plus sonore en ayant l'air de lui dire : « Ne t'éloigne pas, la mer est profonde et perfide, viens courir sur les galets, mais ne t'abandonne pas aux vagues. »

Quelques jours avant la Noël (unique fête dans l'année que l'on doit célébrer en Italie par une indigestion), le père de Térésina lui signifia qu'il était temps de sacrifier le coq. Jeune, gras, bien en chair, il devait faire un excellent repas accompagné des choux et légumes habituels.

Térésina refusa énergiquement de donner son ami Galluccio, elle pria, pleura, courut se jeter dans les bras de sa mère.

— Hélas ! que veux-tu ? ma pauvre chérie, dit la mère, nous n'avons pas d'autre espoir de souper ; pour une fois par an que nous mangeons de la viande, tu ne dois pas nous en vouloir, à ton père et à moi ; d'ailleurs, tu le sais, on ne manque pas impunément aux usages...

Térésina baissa la tête en signe d'assentiment ; puis, comme il lui restait encore un jour avant la fête, elle prit Galluccio dans ses bras et s'enfuit avec lui jusqu'aux ruines du palais de Tibère. Là, presque sûre d'être seule, elle s'assit au pied d'une colonnade et, serrant son ami sur son cœur, elle pleura abondamment...

Un peintre passa en ce moment, et touché du tableau charmant qu'il avait sous les yeux, il saisit son album...

— Pourquoi pleures-tu, belle fillette ? demanda-t-il à Térésina tout en esquissant rapidement le groupe harmonieux.

— Je pleure sur la mort de Galluccio, signor, répondit Térésina toute confuse, ne sachant pas ce que griffonnait si assidûment l'artiste.

TÉRÉSINA ET GALLUCCIO

— Mais il me semble que tes pleurs sont vains, car Galluccio paraît se porter à merveille !

Térésina, enhardie par la bienveillance du peintre, lui raconta ses chagrins :

— N'est-ce que cela ! s'écria-t-il, lorsque la fillette eut terminé son récit, tiens, voici vingt francs pour faire bombance sans tuer ton ami.

Et l'artiste tendit une pièce d'or à Térésina.

— Je ne suis pas une mendiante, signor, répondit en rougissant la fillette qui ne prit point l'argent.

— Tiens, regarde, tu as bien mérité vingt francs pour m'avoir servi de modèle, j'ai là un tableau qui vaudra plus de dix mille francs à l'Exposition prochaine !

Le peintre mit alors sous les yeux étonnés de Térésina l'esquisse qu'il venait de faire.

— Oh ! comme Galluccio est ressemblant ! s'écria Térésina avec une admiration enfantine. Signor, venez avec moi, ajouta-t-elle, il vaut mieux que vous remettiez vous-même le prix de ma séance à maman. *Dio sia benedetto*, mon petit ami a la vie sauve !

. . . .

Bien des Noëls se sont passés à Capri depuis cette histoire, et Galluccio, le vétéran des coqs, vit encore chez Térésina.

LE CARREFOUR AUX ANGOISSES

Vassili Bernadeff était un chasseur intrépide. Il habitait Ismidt, petit village de la Turquie d'Asie, au bord du golfe que forme la Marmara.

Bernadeff, ancien officier au service de la Russie, était venu à Constantinople quelque temps après la guerre de Crimée, en 1856 ; et charmé, comme beaucoup d'étrangers, par l'hospitalité qu'on trouve dans cette magnifique ville, par la beauté des environs si riches en plaines fertiles, montagnes agrestes et sites accidentés, il se fixa à Ismidt. Ce n'est pas qu'Ismidt soit un bien joli village ; tout au contraire, car le voisinage des marais lui apporte souvent un air enfiévré ; mais Bernadeff était chasseur, je vous l'ai dit, et la forêt d'Ismidt, située de l'autre côté du golfe, avait tenté ses plus chères habitudes. Que de gibier dans ces grands bois à peine frayés, dans ces buissons épineux qui couvrent les montagnes ! Les Turcs ne chassent jamais, puisque la religion proscrit le gibier de leur nourriture ; les sangliers, les ours, les lièvres et les chevreuils vivent en paix et se multiplient dans l'immense forêt. Quelques villageois grecs ou des Européens, venus exprès de Constantinople pour tuer des bécassines, sont les seuls hôtes qui troublent par leurs coups de fusil le silence et la paix d'Ismidt.

En réalité, Bernadeff, tout en contentant ses instincts de chasseur, ne faisait pas là une mauvaise affaire : il rapportait quotidiennement cent à cent cinquante pièces de gibier, les expédiait à Constantinople à des Croates de sa connaissance, qui les vendaient un bon prix aux Européens.

P.

Aidé des ses quatre magnifiques chiens de chasse : Sadeg, Fistic, Packia et Guzel, notre héros fit des merveilles. Il détourna des sangliers qui ne pesaient pas moins de quatre cents livres, et que des paysans vinrent chercher sur un brancard et rapportèrent en triomphe au village. Bernadeff eut bientôt une renommée de bravoure et d'adresse qui lui attira la sympathie des habitants, et comme, en Orient, la sympathie vous gagne le cœur, la bourse, la maison et le souper, il allait souvent dîner chez le pacha, le mollah, le papas grec et le consul, et devint l'ami de tout le monde. Il faut dire aussi qu'à son habileté de chasseur, si bien secondée par le flair de ses chiens, Vassili Bernadeff joignait des petits talents de société : il jouait de la guitare et chantait des mélodies russes pour plaire aux dames, faisait danser les enfants ou leur montrait des tours de cartes, sans préjudice des parties de *tavli* qu'il laissait complaisamment gagner à ses adversaires. Au fond, c'était un très brave homme, honnête et de bon cœur, qui employait son peu de science médicale à soigner de pauvres malades, et partageait volontiers le revenu de sa chasse avec les malheureux.

Bernadeff vivait seul, seul avec ses quatre beaux chiens, si intelligents et si bons, qu'il aimait à les appeler *ses vrais amis*. Sadeg, un beau chien au poil blanc et feu, aux longues oreilles pendantes, avait le rôle d'*avant-coureur*. C'était lui qui s'élançait en avant, frayant la route à ses compagnons, et déchirait souvent sa peau aux buissons et aux ronces.

Packia, chienne de bonne race, à la robe blanche tigrée de noir, marchait, le nez baissé, sur les talons de son maître, sans paraître se préoccuper de la chasse ; mais, à peine partait-il un coup de fusil, elle courait comme une flèche à la recherche du gibier blessé, qu'elle rapportait dans sa gueule après l'avoir pêché dans un marais ou retiré d'un buisson profond et infranchissable.

Fistic, un terrier aux jambes courtes, avait un flair unique pour dépister un gibier. On le voyait suivre une trace, tournant et retournant sur lui-même, jusqu'à ce qu'il ait fait sortir le lièvre ou le perdreau de sa tanière.

Guzel, plus coquet, aux jambes fines et nerveuses, largement taché de

Les sangliers vivaient en paix...

brun et de blanc, poursuivait l'audacieux qui fuyait son maître, le lassait, coupait sa route, et finalement ramenait le gibier en vue du chasseur.

Les chiens de chasse, comme vous le voyez, chers lecteurs, sont très utiles ou, pour mieux dire, indispensables au chasseur ; aussi Vassili les considérait-il comme ses associés et les traitait-il avec tous les égards dus à leur courage et à leur dévouement.

Quand les braves chiens revenaient de la chasse, fatigués et sanglants, il leur donnait une abondante pâtée et soignait leurs plaies, le plus souvent en les jetant à la mer, l'eau salée étant souveraine pour cet usage.

Par une belle matinée du mois de mars, Vassili Bernadeff siffla ses chiens, et, après avoir bourré de cartouches sa ceinture de toile, pris sa gibecière, son fusil, il monta en caïque avec Sadeg, Fistic, Packia et Guzel, qui, la queue en l'air, aboyaient joyeusement.

Il était six heures du matin. C'était à peine si le jour commençait à poindre au-dessus des collines d'Ismidt. La nuit avait été très froide, et l'air était encore imprégné d'un brouillard qui vous transperçait.

Enveloppé dans une jaquette de peau de mouton, Vassili considérait la mer calme sur laquelle il voguait, et la forêt immense qu'on apercevait s'étendant sur la montagne avec ses arbres couverts de jeunes pousses, espoir du printemps que cherchent à détruire les dernières gelées de l'hiver.

—Il me semble que nous aurons aujourd'hui une belle journée et une bonne chasse, dit Bernadeff en s'adressant au batelier ; le temps est propice au gibier, si j'en crois ma vieille expérience et l'impatience de mes chiens...

— Hum ! hum ! fit le batelier, vous n'aurez sans doute que trop de gibier ; ne craignez-vous pas de rencontrer quelque ours affamé ?

— Des ours? dit Bernadeff en riant ; mon cher Constantin, vous ne me faites pas peur ; depuis dix ans que je chasse à Ismidt, je n'ai jamais rencontré que des ours effrayés, fort bons enfants et pas terribles du tout. Nous ne sommes pas en Russie, mon ami, c'est là que les ours sont à craindre !

— Je ne sais pas si les ours turcs sont mieux élevés que les ours russes, répondit le batelier ; tout ce que je puis vous dire, c'est que je ne m'y fierais pas, quand même ils m'offriraient deux livres turques pour passer le golfe.

A ce moment, le caïque aborda à l'échelle de poutre qui borde la lisière de la forêt, Constantin y accrocha sa gaffe, tandis que le chasseur débarquait avec ses chiens.

— A quelle heure faudra-t-il venir vous chercher, *Kirié* Bernadeff? demanda le batelier.

— Mais ce soir, à cinq heures, comme d'habitude.

— Si vous ne rencontrez pas d'ours russes, grommela Constantin en reprenant ses rames.

— As-tu bientôt fini avec tes prédictions, oiseau de malheur? dit Vassili, qui s'éloigna à grands pas.

Sadeg, comme toujours, bondissait en avant, franchissant les fossés et ne s'arrêtant que pour s'assurer que ses compagnons le suivaient.

l'ackia marchait le nez penché vers son maître; Fistic et Guzel couraient autour d'eux pour s'exercer.

Les chemins devenaient plus étroits à mesure qu'on avançait dans la forêt, la rosée s'était cristallisée autour des cailloux qui brillaient aux premiers feux du soleil, soleil pâle, transperçant faiblement la tête dénudée des vieux arbres bourgeonnant et leurs branches étendues. Le pas résonnait sur la route sonore, la mousse commençait à reverdir sous la couche brillantée qui la poudrait de glace.

La forêt s'étendait autour du chasseur, immense, profonde et épaisse. Partout des troncs d'arbres aux écorces rugueuses, plantés symétriquement par la main de la nature, abritant les jeunes arbrisseaux, comme des parents vigilants protègent leurs rejetons, vallées entourées de rochers noirs, et bordées de collines boisées.

— Que de spectacles divers la terre nous prodigue, se disait Bernadeff, en suivant le chemin rocailleux; que nos yeux sont appelés à admirer de belles choses et que nous devons en remercier le Créateur! Depuis l'innombrable quantité des fleurs, au parfum varié, jusqu'aux insectes qui chantent et bourdonnent!.. la mer, théâtre magnifique de drames et de rêveries ; la forêt, richesse végétale et sublime ; les villes, les plaines, les

champs, les jardins, les lacs, les montagnes ! Enfants de la nature prodigués à nos plaisirs, vous êtes tous dignes d'admiration !...

Il n'est tel qu'une belle matinée passée dans la solitude pour élever
l'âme et les pensées vers Dieu. Bernadeff, qui avait vu sous tous ses
aspects cette forêt d'Ismidt, n'en subissait pas moins de charme, en la
trouvant toujours belle.

Il marchait le fusil appuyé sur l'épaule, guettant les mouvements
de ses chiens qui lui annonçaient ordinairement le voisinage du
gibier.

Depuis une heure Bernadeff était entré dans la forêt et il n'avait
encore dépisté qu'un jeune lapereau qui s'était enfui, quand tout à coup
il entendit Sadeg aboyer.

Le chasseur s'arrêta. Les trois chiens dressèrent leurs oreilles. Les
chiens de chasse n'aboient que lorsqu'ils découvrent un gibier malfaisant,
ours, loup ou sanglier : Sadeg venait-il donc de faire une terrible ren-
contre ?

Bernadeff leva machinalement le chien de son fusil. Le brave Sadeg
s'était tu. Il se remit en route et arriva bientôt à un carrefour planté de
hauts platanes. Sadeg, au pied d'un arbre, bondissait en poussant des
petits cris plaintifs ; Packia, Fistic et Guzel s'élancèrent vers lui et, levant
leur tête, commencèrent à aboyer aussi. Notre chasseur, très surpris, et
croyant avoir affaire à quelque oiseau de proie, allait épauler son fusil,
lorsqu'il aperçut un gros ours brun, grimpé dans l'arbre, et qui montrait
ses crocs formidables aux quatre braves chiens.

— Hé ! hé ! se dit Bernadeff, Constantin n'avait pas tort ; voici un
maître ours qui ne serait pas déplacé dans les monts Ourals.

L'ours, en apercevant le chasseur, parut plus furieux encore : il fit
entendre des rugissements qui trouvèrent un écho dans la profondeur
du bois.

— Il n'est pas seul, pensa Bernadeff, malheur sur nous !

Pendant que les chiens aboyaient, sautillant autour de l'arbre, Bernadeff cherchait des charges doubles pour mettre dans son fusil. Mais il
vit avec effroi que sa ceinture de toile avait disparu... Elle s'était

détachée sans doute dans le caïque et Vassili ne l'avait pas entendue tomber...

Hé! hé! se dit Bernadeff, Constantin n'avait pas tort.

Que faire, sans autre secours que deux coups de fusil, quand on a pour adversaire un ours énorme qui appelle ses compagnons?... Sacrifier les chiens?... Bernadeff ne pouvait pas y penser sans douleur : pouvait-il offrir ses amis, ses compagnons dévoués en pâture à ces cruelles bêtes? Fuir eût été plus prudent; déjà il sifflait les chiens, et allait battre en retraite; mais une ourse arrivait à pas lents, suivie de deux oursons et fermait la retraite à Bernadeff.

Le moment était critique : notre chasseur ne perdit pas son sang-froid. S'approchant le plus possible de l'arbre, il visa l'ours au cœur, et lâcha coup sur coup la détente de son fusil. L'animal, blessé mortellement, tomba par terre, et les chiens sautèrent sur lui pour l'achever. Pendant ce temps l'ourse arrivait en poussant de sourds rugissements : elle allait venger son époux.

C'en était fait de Bernadeff. Il ne vit de salut qu'en grimpant à un hêtre élevé et flexible, qui lui servit de refuge. Les chiens avaient disparu comme par enchantement à la vue de l'ourse et des oursons, qui vinrent lécher les plaies de l'ours mort.

Le fusil, le chapeau, la gibecière, la jaquette de Bernadeff étaient tombés sur le sol. L'ourse se précipita sur eux avec rage et les mit en pièces; puis, se plaçant en sentinelle au pied de l'arbre, avec ses petits, elle guetta tranquillement Bernadeff.

C'était une étrange scène que celle que jouait en cet instant l'infortuné chasseur. Les rôles étaient soudain renversés : lui, dans l'arbre, désolé, s'arrachant les cheveux dans son impuissance, demandant au ciel un secours inespéré, tandis que les ours le menaçaient à chaque instant de venir le trouver jusque dans son abri de feuillage.

Et les chiens, qu'étaient-ils devenus? Morts, sans doute, déchirés par les ours qui rôdaient aux environs... pauvres amis! Bernadeff ne les verrait plus... Ses yeux s'humectaient à cette idée, il pensait moins à sa fin prochaine et inévitable qu'à celle de ses fidèles compagnons.

Transi par le vent froid qui choquait les branches d'arbre, n'ayant pas de provisions et sentant son estomac se tordre dans les crampes horribles de la faim, Bernadeff resta ainsi toute une longue journée, épiant les moindres bruits qui venaient de la forêt, sans lui apporter de l'espoir.

La nuit survint presque subitement, ajoutant l'horreur de son obscurité et de son silence au supplice qu'endurait le malheureux chasseur.

Il pensait avec douleur que personne ne s'inquiéterait de lui à Ismidt, car on était habitué à ses fréquentes absences, et l'on ne s'apercevrait de sa disparition qu'au bout de deux ou trois jours. Pourrait-il du moins rester ce temps-là perché dans cet arbre, dont les branches pliaient sous son poids? L'implacable ourse ne quittait pas son poste, attendant sûrement sa proie, que la fatigue ou le désespoir devait faire tomber entre ses griffes. C'est alors que Bernadeff fit de cruelles réflexions sur les aventures de chasse dans les forêts de l'Asie, et sur le peu de chances qui lui restaient de sauver sa vie.

— Mourir sur un champ de bataille, enivré par les coups de feu des batteries, plein d'honneur et de gloire, à la bonne heure! se disait-il. On risque bravement sa vie, et la poitrine en avant on s'élance vers les coups de ses adversaires : c'est pour la patrie... Mais tomber d'inanition entre les pattes d'une ourse qui aiguise ses crocs depuis le matin sur la crosse de mon fusil, être déchiré lentement, affreusement par sa gueule béante, par ses ongles pointus, et servir de pâture aux oursons, c'est trop cruel! O mon Dieu, protégez-moi, inspirez mes amis, conduisez-les dans ce carrefour, ne m'abandonnez pas à mon malheureux sort!

Et, inclinant sa tête affaiblie sur son épaule, Bernadeff luttait en vain contre le sommeil qui fermait ses yeux et le froid qui engourdissait ses membres.

De temps en temps, il entendait les grognements sourds des petits oursons, qui s'impatientaient de voir leur repas de chaire humaine se faire attendre si longtemps, et qui se levaient tout droits, espérant manger bientôt le chasseur.

Combien d'heures Bernadeff resta-t-il dans cette horrible position? Il ne le sut pas lui-même. Ses oreilles bourdonnaient, son estomac se tordait, ses mains étaient prises de spasmes convulsifs... Il perdait peu à peu ses sens; encore quelques minutes et son corps alourdi allait devenir la proie des fauves.

Mentalement Bernadeff adressait à Dieu une dernière prière en lui recommandant son âme, quand il crut entendre des aboiements de chiens, de ses chiens à lui, Sadeg, Packia, Fistic et Guzel!... un rêve sans doute, une hallucination comme il en arrive aux naufragés et aux abandonnés...

Il ouvrit ses yeux abattus : il lui sembla voir dans le lointain, là-bas, au fond de la vallée, une lueur rougeâtre qui s'agrandissait... L'aurore peut-être qui se levait, rose et riante, éclairant sa triste fin... Mais non, ce n'était pas une erreur, une fiction de ses sens engourdis; les aboiements se rapprochaient avec la lumière, et à ces aboiements, devenus maintenant distincts, répondait l'ourse inquiète, en grondant sourdement et appelant ses petits auprès d'elle. Habitué à distinguer dans l'obscurité, Bernadeff vit l'attitude défensive que prenait sa gardienne; le cœur du pauvre malheureux se remit à battre avec violence, et ses forces lui revinrent avec l'espoir, avec l'assurance qu'on lui apportait du secours.

Tout à coup la clairière où se trouvait Bernadeff s'éclaira vivement. Une bande de paysans armés, portant des torches et précédés par quatre chiens que Bernadeff reconnut avec joie pour les siens, débouchèrent dans le carrefour.

Sadeg s'élança le premier au pied de l'arbre où était son maître, heurtant l'ourse, qui regardait effarée cette troupe d'ennemis.

Un Turc précédait les paysans : c'était le pacha d'Ismidt, un des amis de Bernadeff.

— Notre pauvre chasseur aura été dévoré par cet ours, dit-il tristement, voici son chapeau, sa gibecière déchirée et son fusil brisé. Allons, tuez cette maudite bête, vengeons notre ami Bernadeff!

Les paysans visèrent l'ours et ses petits, qui tombèrent foudroyés par la décharge de vingt fusils.

Lorsque la fumée se fut un peu dissipée, voyant les quatre chiens qui sautaient après l'arbre en aboyant, le Pacha leva la tête, et aperçut notre chasseur presque mort de froid, et ne pouvant parler tant l'émotion brisait ses forces.

— Eh quoi! est-ce donc vous, encore vivant, cher et infortuné

Bernadeff resta ainsi toute une longue journée...

Bernadeff? s'écria le Pacha. Vite! qu'on le descende et portons-lui secours.

Il était temps. Lorsque les paysans grimpèrent dans le hêtre, Vassili Bernadeff s'évanouit.

La joie subite, succédant à plusieurs heures d'angoisses, avait vaincu le pauvre homme.

On lui prodigua les premiers soins ; le Pacha le fit envelopper dans de chaudes pelisses doublées de peau d'agneau, dont se dépouillèrent vivement quelques braves paysans ; on glissa entre ses lèvres des gouttes de *raki*, et l'ayant déposé sur un lit portatif composé de fusils entre-croisés, on le ramena ainsi à Ismidt, toujours escorté de ses fidèles chiens, qui aboyaient pour rappeler leur maître à la vie.

Bernadeff reprit connaissance en route, but un verre de vin, mangea un peu de pain, serra la main de ses sauveurs, caressa ses chiens et put se faire raconter sa délivrance miraculeuse. Le Pacha, qui était le plus érudit du cortège, et qui aimait, comme tous les Orientaux (y compris votre servante), à raconter des histoires, expliqua comment, la veille, après avoir déjeuné et fait sa sieste, il avait vu arriver Sadeg tout couvert d'écume, de sang et de poussière. Packia avait fait la même visite au consul, en qualité de chienne calabraise ; Fistic était allé chez le papas grec, et Guzel chez le mollah. L'arrivée inopinée de ces chiens, inquiets et aboyants, éveillèrent les soupçons des braves amis de Bernadeff, qui, après s'être assurés qu'il n'était pas rentré, avaient interrogé le batelier Constantin. Constantin avait répondu tout tranquillement que le chasseur russe devait avoir rencontré quelque ours de son pays, puisqu'il n'était pas venu, comme d'habitude, prendre son caïque à cinq heures.

Les chiens acceptèrent à peine la pâtée qui leur fut offerte ; ils tournaient en gémissant autour des amis de leur maître, ils demandaient visiblement du secours. C'est alors que le Pacha fit lever une escouade moitié soldats et moitié paysans, leur donna des armes, des torches, car la nuit était venue sur ces entrefaites, et, devancé par les chiens impatients, prit avec eux le chemin qui mène à Ismidt.

— Sans vos braves chiens de chasse qui sont venus nous chercher, nous n'aurions pas le bonheur de vous sauver la vie ! acheva le Pacha ému, en serrant la main de Bernadeff plus ému encore.

Sadeg, Packia, Fistic et Guzel comprirent-ils jamais l'éloquence des caresses reconnaissantes de leur maître? Ils avaient fait leur devoir, ils étaient contents. Que de gens, hélas! sont moins sages que ces fidèles bêtes !

L'aventure extraordinaire de Bernadeff fit grand bruit à Ismidt. On en parla même, huit jours après, dans la *Gazette de Constantinople*, qui, toujours bien informée, amplifia de complications impossibles l'histoire du chasseur russe, tant et si bien que beaucoup de personnes n'y voulurent pas croire.

Faut-il vous avouer que, depuis cette terrible chasse, Bernadeff délaissa un peu la forêt d'Ismidt? Il y alla chasser pourtant, accompagné de quelques braves paysans, ayant cédé en cela à la prière de tous ses amis, qui le trouvaient imprudent. Mais il évita de se diriger vers le carrefour où il avait passé des heures si terribles, et qu'on appelle, en souvenir de cette aventure, *le Carrefour aux angoisses*.

Elle se régale, la gourmande!

LA SOURIS

Qui est-ce qui grignote donc comme cela dans le buffet? C'est, j'en suis sûre, une petite souris effrontée; oh! si je ne me retenais, j'irais la déranger au milieu de son festin, car elle est en train de souper avec mon fromage de gruyère, mon pâté et mes noisettes! Elle aura invité ses parents à venir goûter aux provisions que je garde dans l'armoire; elle se régale, la gourmande! Je l'entends d'ici pousser des petits cris de plaisir... Le silence l'enhardit à se livrer à mille ébats qui font craquer les planches de mon buffet de cuisine... J'aperçois même le bout de sa longue queue grise, qui passe entre la rainure... Si j'ouvrais le battant de la porte! je la surprendrais mangeant de fort bon appétit, sans plus de souci de son vol manifeste; mais, comme elle est aussi agile qu'intrépide, Souris rentrerait vite dans son antre, et je n'aurais même pas la satisfaction de la voir. C'est pourtant cette petite souris et sa famille aux fines dents blanches qui dévorent mon linge, mes livres et mes habits ! Il faut que je me défende contre cette horde d'ennemies domestiques qui vivent à mes dépens ; demain j'achèterai une souricière, et alors, gare à elles !... La gourmandise et le vol recevront le prix mérité! Petite souris, rentre chez toi, je t'y engage : la prison attend le voleur, et la souricière te réclame...

Mais je n'entends plus rien ; serait-elle partie, repentante ou rassasiée ? Je voudrais que mes menaces l'eussent effrayée ; car s'il est juste de punir, il est bien plus doux de pardonner !

LE PETIT BAYARD ET SA SŒUR

En un grand château, aux tourelles noircies, aux murs épais, dans une immense chambre, haute de plafond, dallée de marbre, meublée de bahuts géants, jouaient deux jeunes enfants. Isabelle, la fillette, comptait cinq ans à peine; elle portait une longue robe de satin, selon la mode du temps qui voulait qu'une noble *damoiselle* fût vêtue comme une vieille femme. Pierre, son frère, pouvait avoir six ans. C'était déjà un petit garçon à l'âme fière et courageuse, franche et loyale; aussi devait-il plus tard illustrer son nom : Pierre de Terrail, chevalier de Bayard, *sans*

P.   3 *peur et sans reproche*, devint la fleur des nobles guerriers français, et le roi François Ier s'agenouilla devant lui, pour recevoir de ses mains l'épée de chevalier.

Mais à l'époque dont je parle, Bayard était encore loin d'aspirer à une si brillante renommée. Assis dans un grand fauteuil, à côté de sa sœur, il lui montrait les images d'un missel, et Isabelle écoutait, ravie, les descriptions que lui en faisait son frère.

Tout à coup, au milieu du silence qui régnait dans la grande salle, on entendit un bruit métallique, pareil à un cliquetis d'armes, et la lourde portière qui recouvrait la porte se souleva doucement.

Isabelle tressaillit et se pressa contre son frère. Pierre posa son missel, et se leva en pied.

Le même bruit, le même mouvement du rideau se répétèrent.

— J'ai peur, Pierre, j'ai peur! murmura Isabelle.

— Ne crains rien quand je suis là, mignonne, dit Bayard en serrant la main de sa sœur; puis, avisant une épée abandonnée sur une chaise, il passa le ceinturon en bandoulière, et, se mettant devant Isabelle qui tremblait, il s'avança doucement pour se rendre compte de ce bruit insolite.

Bayard n'avait pas peur, mais il était prudent : il savait qu'un enfant ne peut impunément affronter un danger, et que la bravade n'est point de la bravoure.

Isabelle ne quittait pas la main de son frère, elle le suivait, sans oser jeter les yeux sur le rideau à demi soulevé, près duquel reposait une armure qui semblait là en sentinelle.

Pierre s'avançait toujours, le regard fixe, la main droite appuyée sur la poignée de son épée; mais, après avoir considéré quelques instants la portière qui s'agitait avec un bruit argentin, le futur guerrier se mit tout à coup à rire et serra Isabelle, étonnée, dans ses bras.

— Vois donc, petite sœur, combien nous étions fous de nous effrayer pour si peu de chose!... dit-il : c'est le vent venant du couloir qui agite ainsi le rideau et fait trembler cette armure qui résonne... Viens, et vois toi-même...

Isabelle, encouragée par le ton persuasif de son frère, se décida à regarder le rideau et l'armure, et fut bientôt convaincue que le vent était le seul malfaiteur qui osât rôder au château.

— C'est égal, tu as eu bien peur, ma mie, dit Bayard en embrassant Isabelle. Viens avec moi trouver dame Yolande, elle nous donnera de la conserve d'oranges, et nous oublierons près d'elle ce mauvais quart d'heure... les enfants, vois-tu, ne doivent jamais trop s'éloigner de ceux qui les gardent... Mais, par exemple, quand je serai bon à porter cette armure, s'écria fièrement Bayard, nul autre que moi ne te défendra, petite sœur !

— Pas mieux qu'aujourd'hui, Pierre, répondit Isabelle : un petit corps peut loger un grand cœur.

LES FRAISES

Vous avez tous mangé, n'est-ce pas, chers petits lecteurs, de ce fruit délicieux, rose et parfumé, qu'on appelle la fraise? Le printemps vous en rassasie tous les ans, et bien souvent vous avez dû, grâce à elles, vous tenir sages et finir tout entière votre assiettée de soupe? Connaissant votre goût, je suis sûre d'être bien accueillie en vous contant l'histoire toute fraîche d'une de ces succulentes petites fraises.

Cela se passait à Luciennes, le charmant village qui domine Bougival. Dans le jardin d'un horticulteur on venait de cueillir des fraises; des fraises anglaises magnifiques, grosses comme mon pouce, et sucrées!... On les posa avec précaution dans un panier, réservant les plus belles parmi les belles pour le dessus, et l'une d'elles, reine de toutes en grosseur et en parfum, fut placée délicatement au sommet de ses compagnes; puis le panier, recouvert de feuillage, attendit son expédition pour Paris.

Mademoiselle la fraise était très fière de primer sur ses voisines de panier ; elle se vantait bien haut d'être destinée à faire parade dans la vitrine de Chevet, au Palais-Royal, et à être dévorée des yeux par cent mille passants avant de tomber sous la dent d'un Crésus.

— J'aime mieux être mangée par une petite fille sage que de charmer le palais d'un vieux glouton, dit une fraise, mûre de la veille, plus raisonnable que sa compagne.

— Quant à moi, que je sois mangée par un enfant ou par un prince, peu m'importe, soupira une fraise mélancolique ; n'est-ce pas mourir pour mourir ?

— Puisque le destin veut que nous soyons croquées, dit la superbe fraise, je veux briller d'abord, faire remarquer ma beauté, entendre des exclamations admiratives et jouir en un jour de l'envie que je ferai naître... J'entends d'ici les petits enfants qui pleureront en me montrant du doigt et les pauvres qui convoiteront de loin ma robe vermeille, mais je n'appartiendrai qu'au plus gourmand et au plus riche !...

Pendant ce discours, le voiturier qui achète les fruits de la capitale s'était arrêté devant la maison de l'horticulteur ; celui-ci enleva le couvercle de feuillage du panier pour faire admirer sa marchandise.

— Chevet vous donnera dix francs de ce panier, lui dit-il.

— Potel et Chabot m'en offriront bien plus, pensait notre voiturier en voyant les belles fraises. Marché conclu, je vous les achète cinq francs, dit le paysan.

— Huit francs ! dit l'horticulteur.

— Allons, six francs, pour vous contenter.

— Sept francs cinquante est mon dernier mot.

— Donnez. Mais je ne gagnerai rien dessus...

Le voiturier saisit le panier en disant ces mots et le plaça dans sa carriole. Le paysan fut-il trop brusque en saisissant sa proie ? Les voisines de la fraise poussèrent-elles un peu l'orgueilleuse, qui se dandinait de plaisir sur son fragile promontoire ? On n'en sait rien ; toujours est-il que la belle des belles alla rouler sur le sol poussiéreux et que la roue de la voiture l'écrasa à moitié sans respect pour sa beauté. De sa chute personne ne s'aperçut, sauf un pauvre enfant déguenillé qui ramassa la fraise mutilée et la cacha sous sa blouse en murmurant : « Ce sera pour petite sœur. »

Ainsi finit prématurément cette orgueilleuse fraise, qui croyait faire sensation à Paris : Les ambitieux, sots et pédants, ont ainsi de folles espérances et d'amères désillusions !

POLICHINELLE EN VOYAGE

I

L'hiver a fait déloger les oiseaux qui s'abritaient dans les arbres des Champs-Élysées, et Guignol a clos son théâtre couvert de neige, car les gentils petits enfants, spectateurs attentifs de sa troupe grotesque, restent frileusement blottis dans leurs voitures.

Polichinelle, ainsi délaissé de ses petits auditeurs, a songé à suivre l'exemple des hirondelles ses voisines, et, un vilain jour de décembre, il s'est décidé à partir pour l'Italie, afin d'aller rendre visite à Pulcinella, son frère napolitain.

Polichinelle est parti sans autre bagage que ses grosses bosses, sans autre arme que son bâton, sans prévenir personne de son départ, pas même ses intimes amis, Pierrot et Arlequin, qui se cassent le nez à sa porte, sur laquelle il a collé cette pancarte :

« Voulant cet hiver économiser mon feu, je vais dans un pays où il n'y a pas de cheminées. »

Je vois d'ici la mine désappointée de mes gentils lecteurs, qui craignent sans doute que leur cher bouffon Polichinelle ne les abandonne pour toujours...

Ne craignez rien, chers enfants, le printemps vous ramènera ce querelleur amusant avec le premier rayon de soleil; en attendant je vous dirai ce qui lui advint en Italie.

II

Polichinelle télégraphie de Marseille à son frère napolitain : « J'arrive « par le bateau des Messageries; viens au devant de moi, et si tu as « autant d'esprit qu'on le dit, tu me reconnaîtras sans m'avoir jamais « vu. »

Là-dessus notre Parisien s'embarque, tout heureux de faire une farce à son frère, ce qui est peu généreux, convenez-en; mais Polichinelle sait qu'il a affaire à forte partie : Pulcinella est connu pour un pantin très spirituel et très amusant, et notre héros est jaloux de cette réputation, qui tend à ternir la sienne.

Quarante-huit heures après sa dépêche, Polichinelle entrait dans le port Napolitain.

Naples (*Neapolis* ou Nouvelle ville) est une des merveilles de notre littoral européen; elle s'étend en demi-cercle sur les eaux d'un golfe éternellement bleu, et de ses collines Apennines se détache le mont Vésuve, volcan renommé, qui lance vers le ciel une continuelle fumée blanche.

Polichinelle fut frappé de la beauté de Naples, de son soleil qui se rit de décembre, de son ciel pur, de sa brise tiède, et s'écria en vrai Parisien extasié :

— Quel dommage que Paris n'ait pas été bâti à Naples!

Une foule de barques se pressaient aux abords des Messageries.

Une d'entre elles contenait un singulier personnage, vêtu d'une blouse blanche, d'un béret brun, le visage recouvert par un masque noir. Chacun en le voyant se mettait à rire : C'était notre Napolitain.

Pulcinella monta bravement le petit escalier du vapeur et arriva sur le pont, encombré de passagers,

MEISSONIER P

— Messieurs, dit-il, après avoir salué les voyageurs, lequel d'entre vous est mon frère, s'il vous plaît?

— Moi! fit Polichinelle en s'avançant triomphalement. Pulcinella mon ami, tu as perdu la gageure; tu devais me reconnaitre sans m'avoir jamais vu.

— Mais toi, qui parle si bien, répondit le Napolitain sans se déconcerter, comment prétends-tu me prouver que tu es véritablement mon frère? Tu as des bosses, et je n'en ai point; ton habit est élégant, multicolore : le mien est en simple calicot; tu portes des sabots cirés, et je marche pieds nus; bref, nous n'avons entre nous aucune ressemblance physique. Si tu n'es pas capable de me prouver notre fraternité, comment veux-tu que je te reconnaisse?

— Pulcinella a raison! cria la foule amassée autour des deux pantins.

Le Parisien embrassa son frère en signe d'adhésion.

— Eh bien, lui dit-il, peux-tu me dire, toi qui es savant, le pays qui consomme le plus de tabac, où il y a le plus de fumeurs?

Pulcinella fit la grimage.

— Je ne sais... balbutia-t-il.

— Mais c'est Naples! puisque là tout le monde fume, voire les montagnes.

Et le Parisien, disant ces mots, montra du doigt le Vésuve.

— Bravo le Français! exclama la foule.

Pulcinella rendit l'accolade à son frère.

— Qu'es-tu venu faire ici? lui demanda-t-il en l'entraînant vers sa barque.

— Chercher des petits pantins, pour amuser mes auditeurs des Champs-Élysées. En trouve-t-on ici?

— Oh! fait le Napolitain avec fatuité, il y a tant de petits Pulcinella spirituels, à Naples, qu'on n'a qu'à jeter la ligne pour en prendre.

— Eh bien! à Paris, répond notre héros, il y a tant de Polichinelles spirituels qu'au lieu de les pêcher, on les trouve pêchant.

LE BOURDON ET LA SAUTERELLE

— FABLE CHINOISE —

Un bourdon et une sauterelle se rencontrèrent sur une tige de fraisier.

C'était par une belle soirée du mois de juillet; tout le jour, la chaleur avait été accablante : bêtes et gens aspiraient après un peu de fraîcheur.

— Que je suis fatiguée, dit la sauterelle, j'ai parcouru toute la prairie sans pouvoir me désaltérer; pas une goutte d'eau dans les liserons qui me servent habituellement de coupe, rien sur les églantiers de la haie; le soleil a tout bu..... ou bien les fourmis ou les courtilières..... Mais j'aperçois, par bonheur, une perle que la rosée a déposée sur cette feuille.

— Et moi je cherche en vain, depuis ce matin, une fleur pleine de suc pour me rassasier, répondit le bourdon; la prairie a été rasée, et le peu de fleurs épargnées par la faux sont devenues la proie des mouches et des papillons. Les abeilles, surtout, s'en sont régalées sans se demander s'il en resterait pour les autres. Il y a décidément trop d'insectes au monde : l'air, la terre, l'eau en sont remplis, des abeilles surtout; je me demande à quoi elles servent : elles ravagent la campagne et enlèvent à elles seules le suc de plus de fleurs que tous les autres insectes ensemble, de sorte qu'à nous autres, pauvres bourdons, il ne nous reste rien. Que diriez-vous, chère sauterelle, s'il n'y avait que nous deux dans cette nature si belle et si féconde? Nous aurions alors tout à profusion, sans nous donner de mal, et nous ne serions pas exposés à mourir de soif ou de faim.

— Fi! le vilain égoïste! s'écria la sauterelle; ne dirait-on pas que nous valons mieux, ou sommes plus que les autres, pour tout posséder à nous tout seuls! N'y a-t-il donc pas sur la terre de quoi nous nourrir tous, bourdons et abeilles, sauterelles et papillons? Fi! que cela est mal de parler ainsi! Remercions Dieu qui nous convie au grand festin de la nature, et ne refusons pas à chacun la part dont il nous a pourvus. Je me contente de ma goutte d'eau, délectez-vous d'un peu de suc! Le vrai bonheur, voyez-vous, ami bourdon, consiste à savoir jouir de ce que l'on possède, sans rien désirer de plus; l'ambitieux sera toujours, comme vous, jaloux, insatiable et malheureux.

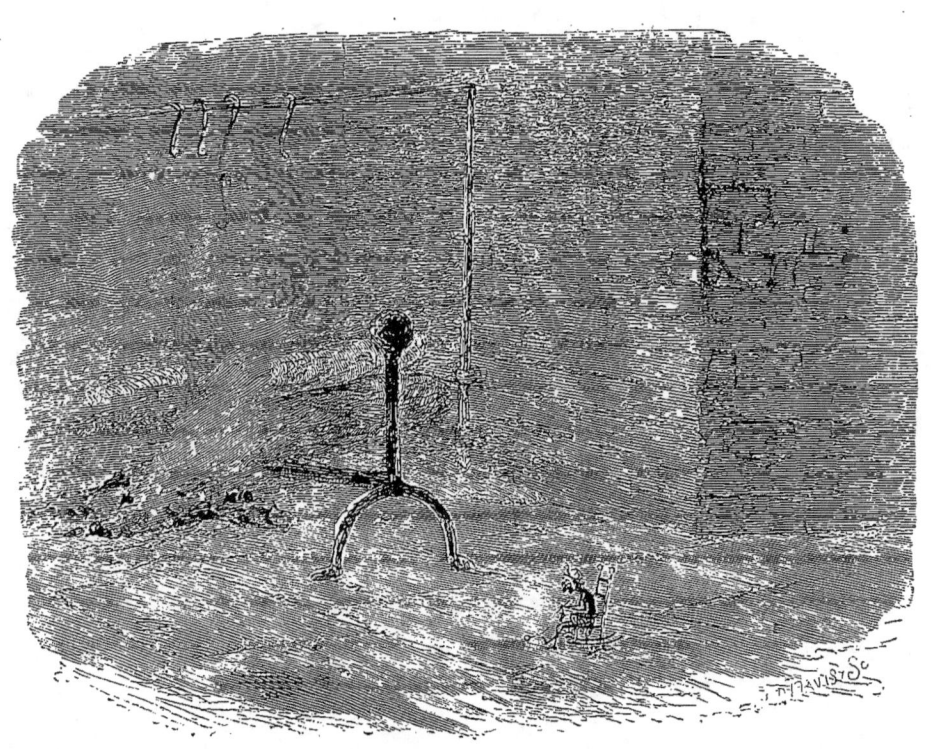

LE GRILLON

Un feu clair brille dans l'âtre; il pétille en s'échappant du bois sec qu'il rougit, et sa flamme réchauffe et éclaire l'humble cabane du laboureur.

Cri-cri! cri-cri! un grillon chante au coin de la vaste cheminée; une dame grillon, si j'en juge par son bonnet, tissé sans doute avec de la toile d'araignée. Elle tricote des bas pour son dernier-né : *cri-cri! cri-cri!*

— Paysan, voici l'hiver, dit-elle en sa chanson; les soirées sont longues, nébuleuses; tu vas te reposer avec la terre des travaux agricoles; tu as bien travaillé cette année pour bêcher, ensemencer, récolter; il est temps de songer au repos. Le manteau de neige qui va couvrir tes champs détruira les insectes nuisibles qui hantent la terre, et l'engraissera tout en la tenant endormie.

L'hiver, c'est le sommeil de la nature féconde; ne te plains pas des frimas, ils sont utiles comme le soleil, ce vivifiant régénérateur. Paysan, jouis en paix des soirées de famille, vois avec bonheur ton foyer entouré par tous ceux que tu aimes; le beau temps les disperse, la froidure les ramène sous ton toit. Bénis Dieu des saisons qu'il te donne, qu'elles soient ensoleillées ou parsemées de givre!

Cette douce chanson du grillon égaye la chaumière du paysan; on dit même, dans les campagnes, que sa présence porte bonheur.

N'est-elle pas heureuse, en effet, la maison qui peut abriter un véritable ami?

FRAU OTHILIE

Je me trouvais de passage en Allemagne, il y a quelques années. Dans un petit village des environs de Heidelberg, je reçus l'hospitalité chez une vieille fermière nommée Fraù Othilie. Elle m'avait offert sa plus belle chambre, car il n'existait pas d'auberge aux environs, et son grand lit à colonnes avait été recouvert en mon honneur d'une fameuse couverture à ramages, qui ne sortait de l'armoire que dans les occasions solennelles.

Au plafond, sur une planche suspendue, reposait le pain chaud. Près de la cheminée où cuisait la soupe, un gros chien et un chat pansu se partageaient le coin du feu. Le rebord de la croisée supportait la cage d'une petite pie qui bavardait à demi-voix, et, pendu au mur, un coucou monumental faisait retentir son bruyant tic-tac.

Malgré les draps blancs parfumés de lessive qui couvraient le lit et la fameuse couverture à ramages, je ne pus fermer l'œil de la nuit. Était-ce la fatigue du voyage, l'odeur pénétrante du pain chaud, le grognement du chien, le ronron du chat, le babillage de la pie ou le tic-tac du coucou qui me tenait ainsi éveillée? Je l'ignore.

L'aube blanchit à peine les carreaux de ma fenêtre que je me levai, ouvrant la croisée pour aspirer l'air pur du matin.

La vieille Othilie était déjà assise sur le banc de pierre qui borde la petite cour. Elle se frottait les mains avec satisfaction en regardant trois petits pourceaux manger le reste du souper dans une écuelle, tandis que le nez de la mère truie soulevait le toit de l'auge en faisant un grognement significatif.

L'air heureux de Fraü Othilie, son regard maternel fixé avec tendresse sur les petites bêtes, dont l'une d'elles avait mis, sans plus de façons, les pieds dans le plat, me fit l'interpeller du haut de la fenêtre.

— *Gut morgen*, bonjour, Fraü Othilie, lui criai-je; dites donc, il me semble que vos nourrissons s'en donnent à cœur joie? sans compter la mère truie qui voudrait bien avoir sa part.

— Tiens, ma belle dame, vous êtes déjà réveillée! et not' coq n'a point chanté encore, répondit la vieille femme après m'avoir saluée amicalement. Vous êtes matinale, à ce que je vois; et de plus, vous vous intéressez aux bêtes. Tout le contraire des dames de Heidelberg, qui dorment la moitié du jour et méprisent les animaux du bon Dieu.

— En revanche, vous les aimez beaucoup, dis-je, ne voulant pas la désabuser sur mon compte en lui avouant la cause de mon lever matinal.

— Si je les aime! *Mein Gott!* Si je les aime! Mais tout ça fait partie de ma famille. Les poules, j' les ai fait couver! j' les ai vues éclore. Mes filles ne sont pas mieux soignées qu'elles. Et mes vaches donc! c'est moi qui les trais, qui les nourris. Sans compter que j'ai deux fils à l'armée et trois veaux à l'étable; des belles filles qui sont rudement travailleuses et des oies qui sont joliment grasses. Pour mes cochons, ce sont des petits amours, ni plus ni moins que mes petits-fils Karl et Tony, qui gardent mes moutons. Si je les aime, ma belle dame!...

L'énumération des bêtes et des gens avait été faite avec la même intonation de voix.

— Vous oubliez Minet qui ronfle et Margot qui babille.

— Oh! pour ceux-là, fit Othilie avec dédain, ce sont des paresseux qui ne sont bons à rien, comme les dames de Heidelberg; aussi les ai-je logés dans la belle chambre.

— Fraù Othilie, je vais me fâcher, voyez-vous; mépriser ainsi les *belles dames!*

— Je ne dis pas çà pour vous, s'empressa de dire la vieille fermière, en me regardant avec des yeux moitié irrités et moitié confus; car, vous, d'abord, vous n'êtes pas d'Heidelberg, et puis vous me paraissez prendre intérêt aux pourceaux.

Pendant qu'Othilie parlait, j'avais quitté la fenêtre, et j'étais venue m'installer près d'elle sur le banc.

— Avant de m'éloigner de votre maison où règne l'abondance et la paix de Dieu, — les seuls biens précieux ici-bas, — laissez-moi, lui dis-je, chère Fraù Othilie, vous raccommoder avec les dames de la ville. Vous les blâmez parce qu'elles se lèvent tard. Mais lorsque vous allez coucher à la même heure que vos poules chéries, ces dames dînent, sortent ou travaillent; elles ne dorment souvent qu'après minuit.

— Minuit! c'est l'heure des revenants, fit Fraù Othilie.

— C'est l'heure du repos des vies agitées, des travaux et des devoirs de la grande ville, de la haute position. N'enviez jamais les belles dames, Fraù Othilie, vous qui avez le vrai bonheur, et ne les dépréciez pas sans les connaître.

Les yeux de la vieille femme, fixés sur moi, s'étaient attendris.

— Vous avez raison, dit-elle, mais pourquoi?...

Et du geste, elle me montra ses petits cochons.

— Pourquoi n'aime-t-on pas ces petites bêtes? continuai-je. On les aime beaucoup au contraire, seulement on les aime cuites. Vous travaillez pour nous les vendre, nous travaillons pour vous les acheter. C'est un échange de bonnes relations dont vous n'êtes pas fâchée, je parie.

— Certes, s'il fallait garder cet embarras-là sans profit...

— Votre affection pour eux diminuerait... Ah! Fraù Othilie, Fraù Othilie, je commence à croire que les gens de la ville aiment encore plus ces petits animaux-là que vous. On fait de si bonne charcuterie avec !

— Et c'est si bien payé ! ajouta la vieille. Allons, ma belle étrangère, vous m'avez convertie. J'aimerai dorénavant les dames de Heidelberg autant que mes bestiaux. Sans vous offenser, dites-moi votre nom pour que je ne l'oublie pas dans mes prières...

UN POISSON D'AVRIL NAPOLITAIN

I

Avez-vous entendu parler du duc d'Ostri? Non, sans doute, car bon nombre de mes chers lecteurs n'habitent point Naples, et l'habiteraient-ils, je ne leur souhaiterais pas de l'avoir connu.

Le duc d'Ostri était fort riche. Trop riche même, puisqu'il était avare, et l'avarice, voyez-vous, mes enfants, est le défaut le plus détestable.

D'Ostri habitait à Naples un magnifique palais dans le faubourg de Chiaia. Son jardin, rempli d'orangers hauts comme des tilleuls, allait jusqu'à la mer. Ses salons, vastes et bien meublés, eussent contenu sans peine toute la noblesse de la ville (ce qui n'est pas peu dire, là-bas tout le monde étant noble, ou peut s'en faut). Il avait des millions inscrits sur le grand-livre, des maisons dans tous les quartiers, et pourtant le duc vivait avec une parcimonie extrême, ne mangeant qu'une fois tous les vingt-quatre heures un maigre macaroni, épicé de tomates, et quelques figues d'Inde. Les toiles d'araignée voilaient les corniches dorées des grands salons, la soie des canapés se fanait sous les housses, le soleil fuyait les persiennes fermées, et la poussière s'incrustait sur la vaisselle d'argent. Triste chose, n'est-ce pas, que la richesse tachée d'avarice? C'est une pêche vermeille dont le cœur est pourri : belle enveloppe et fruit amer!

Jamais un pauvre ni un ami ne soulevait le marteau blasonné de la porte : on savait que la charité et l'affection étaient absentes du palais. Le duc était malheureux, triste, bougonnant sans cesse la duchesse, parce qu'elle usait les grains d'ambre de son chapelet, en disant ses prières. Hélas! la pauvre femme aurait en effet plutôt attendri ses perles que le cœur dur de son époux. Seul, le marquis de Belcastello était admis dans l'intimité de l'avare, et encore parce qu'il était vieux et que le duc devait en hériter. D'Ostri ne faisait point honneur à son parent, mais bien à sa fortune.

Le vieux marquis n'était point dupe de cette amabilité, et vous allez voir de quelle manière il se vengea de l'intérêt cupide de son héritier.

II

Huit jours avant le 1er avril, l'élite de la noblesse napolitaine recevait le billet suivant :

Le duc et la duchesse d'Ostri prient M... de leur faire l'honneur d'assister au grand bal qu'ils donneront en leur palais le samedi 1er avril 18..., à 9 heures précises.

Une telle invitation fit sensation à Naples. Un bal chez d'Ostri ! Autant valait dire que le Vésuve s'était transporté à Pausilippo.

Néanmoins, soit curiosité, soit politesse, tout le monde promit de se rendre à la fête. Les couturières taillèrent de fort belles robes d'après les patrons de Paris, et les coiffeurs eurent beaucoup à faire pour friser le chignon de ces dames.

Le fameux soir arriva.

Au palais d'Ostri tout était sombre : car tout le monde savait, hormis le duc, qu'on devait danser chez lui le soir. Il se reposait dans un grand fauteuil, fatigué d'une course qu'il avait faite jusqu'à Fuorigrotta, mais très fier d'avoir chassé de son humble demeure une pauvre famille qui n'avait pu payer son terme : un terme de 30 francs ! La duchesse, plus triste que jamais, égrenait fiévreusement son rosaire; une maigre chandelle éclairait cet intérieur de sa lueur blafarde. Tout à coup, on entendit les roues d'une voiture crier sous la voûte sonore.

— Qui peut venir à cette heure? demanda le duc avec inquiétude.

— Le marquis de Belcastello, sans doute, balbutia la duchesse.

— Il pourrait être moins généreux de ses visites, il va falloir allumer la lampe pour le recevoir !

Le duc n'avait pas achevé de parler qu'une seconde, puis une troisième voiture passèrent sous la porte cochère.

— Qu'est-ce que cela veut dire? murmura l'avare en pâlissant : trois voitures?...

Au même instant la porte du salon s'ouvrit et trois familles patriciennes, vêtues des plus superbement, firent leur entrée.

A leur vue, le duc d'Ostri eut un éblouissement, et la duchesse se signa, comme si elle apercevait le diable.

— Nous arrivons peut-être un peu tôt, dit une princesse habillée en satin rose; mais vous nous avez recommandé de venir à neuf heures précises, et il est moins cinq !

— Que vous êtes aimable, mon cher duc, de nous avoir ménagé cette surprise! reprit une douairière.

— Combien votre invitation nous a touchés! termina une comtesse

— Inviter... moi! faisait le duc abasourdi, tandis que la pauvre duchesse allumait à la hâte quelques bougies.

Mais d'Ostri n'eut point le temps de s'y reconnaître. Des flots de visiteurs étincelants de soie et d'or envahirent le salon : c'étaient des duchesses poudrées, des marquises parfumées, des généraux chamarrés de décorations. Le duc était tenté d'éteindre une à une les bougies qu'allumait sa femme; mais devant le *tout Naples* élégant, il n'eut pas la force de résister et se laissa tomber désespéré sur un fauteuil.

La foule des invités encombrait déjà la grande salle, et le duc et la duchesse, avec leurs vêtements de chambre et leurs airs étonnés, devenaient le sujet des conversations et causaient un ébahissement général. Déjà on chuchotait, on se rappelait qu'on était au 1er avril, et des yeux brillants de colère se fixaient sur les hôtes qu'on soupçonnait d'avoir voulu se jouer de l'aristocratie.

Mais une musique entraînante se fit entendre jouant une valse d'*Arditi*, et les portes, s'ouvrant comme par enchantement, découvrirent des galeries éclairées *à giorno*, lambrissées de fleurs, et dont les meubles soyeux étaient enfin veufs de leurs housses.

L'avare poussa un cri de rage qui fut étouffé par les hourrahs des invités :

— C'était une surprise, un poisson d'avril! Vive d'Ostri !

Et les groupes s'éparpillèrent dans les salons, laissant consternés le duc et la duchesse.

Lorsque d'Ostri se vit seul avec sa femme, il bondit vers elle :

— Est-ce vous qui m'avez joué ce tour? lui dit-il d'une voix tonnante.

— C'est moi qui ai ordonné cette fête, répondit tranquillement le marquis de Belcastello, qui entra en jouant d'un air dégagé avec ses breloques. Oui, cousin, ajouta-t-il, c'est une fantaisie de vieux parent qui déshériterait quiconque songe à lui déplaire...

Et comme cette dernière menace faisait gémir le duc :

— Allez vous habiller, chère cousine, dit-il en se tournant vers la duchesse, un vêtement de bal vous attend dans votre chambre : j'ai pensé à tout; n'ayez crainte, et le souper sera excellent.

— Un souper! murmura d'Ostri, tandis que sa femme allait s'habiller.

— Oui, cousin, un souper, continua le vieux marquis, prenant plaisir à torturer l'avare, un souper avec champagne, foies gras et vins de France à discrétion. Dame! un duc d'Ostri qui a dix millions de fortune peut bien dépenser vingt mille francs lorsqu'il reçoit l'élite de sa patrie.

— Vingt mille francs... que je payerai! balbutia le duc à demi suffoqué.

— Sans compter trois mille francs pour l'accoutrement de la duchesse, et six cent mille francs de bijoux... Une d'Ostri ne peut paraître sans joyaux dans un bal où la moindre contesse est couverte de pierreries. Mais qu'avez-vous donc, cousin? vous vous trouvez mal?

Le duc d'Ostri, en effet, venait de tomber sans connaissance. Un poisson d'avril de six cent vingt-trois mille francs, c'en était trop! Un coup de sang faillit étouffer l'avare, qui eut toutes les peines du monde à digérer cette coûteuse plaisanterie.

Chers petits lecteurs, soyez de meilleure composition que lui, et digérez joyeusement tous les poissons d'avril qu'on vous fera avaler!

LA DERNIÈRE HALTE

(1847)

Les Bédouins, poursuivis par les Français, ont peu à peu cédé leur territoire : l'Algérie va devenir colonie française ; encore quelques escarmouches et les sauvages Arabes se trouveront sous l'égide de la civilisation.

Abd-el-Kader, leur roi ou *dey*, est à leur tête ; il ne peut plus résister à l'ardeur des ennemis ; quoique brave, il voit dans cette guerre la main d'Allah qui accable son pays, juste punition d'un peuple qui s'adonne à la paresse et ne sait pas profiter des richesses dont la nature le comble.

Il est là, le noble Abd-el-Kader, assis à côté des vieux braves de son armée ; il se repose sous un platane et réfléchit tristement aux conséquences de la guerre. Les tentes sont campées sur la montagne, les chevaux paissent tranquillement, et le reste de la troupe des Arabes est groupé dans le voisinage. D'un œil serein, Abd-el-Kader contemple la plaine immense, les apprêts du combat ; il songe au courage fanatique de ses compagnons.

— Amis, dit-il, encore un peu de patience, un dernier effort pour libérer notre patrie : montrez-vous les dignes descendants des Maures qui surent conquérir l'Espagne. Allons, mes enfants, sous les armes ! Ne vous laissez pas abattre par la défaite, les nobles vaincus sont dignes de respect et d'honneur !

Ainsi parlait le dey, lorsque tout à coup une nuée de cavaliers couvrit la plaine, faisant voler la poussière en nuage épais.

— Les Français ! les Français ! criaient-ils.

A la lisière des collines, on apercevait, en effet, une ligne rouge et régulière qui s'avançait rapidement.

— Nous sommes perdus ! la volonté d'Allah soit faite ! soupira Abd-el-Kader.

Les Arabes s'élancèrent sur leurs montures fougueuses, brandissant leurs carabines, mais pouvaient-ils résister à la tactique des Européens et à leur sang-froid s'opposant à leurs cris sauvages ?

Après une mêlée sanglante, le drapeau tricolore fut arboré sur la montagne, où se trouvait auparavant le camp d'Abd-el-Kader.

Le dey, prisonnier ainsi que ses vieux cheiks, portait fièrement sa tête intelligente et résignée.

Quand il arriva au seuil de la tente du général français, il fut tout étonné de l'accueil plein de respect et de politesse qui l'y attendait. On ne lui demanda pas ses yatagans et on lui servit à dîner.

— Est-ce ainsi que les Français traitent leurs ennemis ? se dit-il. Eh quoi ! ne suis-je pas condamné à mort, moi, le chef des vaincus ?

— Nous respectons l'infortune des armes, noble dey, répondit le général; dans les temps anciens on disait : *Malheur aux vaincus!* et on abusait de leur défaite pour les dépouiller. Les Français sont plus grands, sous ce rapport, que les conquérants de l'antiquité. Votre pays sera administré selon nos lois, mais il jouira de sa liberté de mœurs et de conscience. Quant à vous, noble dey, le château d'Amboise vous est destiné ; mais, croyez en la magnanimité de nos compatriotes, vous reverrez plus tard votre patrie.

Abd-el-Kader, profondément ému de cette générosité des vainqueurs, étendit ses mains vers le ciel et s'écria de manière à ce que ses soldats l'entendissent :

— La volonté d'Allah est que nous obéissions aux généreux Français. Si vous conservez de moi un bon souvenir, amis, ne vous révoltez jamais contre eux.

Les Arabes portèrent la main à leur cœur en signe d'obéissance, et les soldats crièrent : « Vive la France. »

Abd-el-Kader, après avoir passé plusieurs années en France, obtint de retourner dans son pays, mais sous la promesse expresse de ne jamais exciter ses compatriotes à la révolte.

Le fils du désert tint sa promesse. Il fut un fidèle allié des Français, et disait toujours :

La reconnaissance est un lien qu'on ne doit jamais briser sous peine de perfidie !

FORCE ET RUSE

Deux singes avaient
été mis dans la fosse
d'une ourse, par le
caprice d'un savant
zoophile, qui était cu-
rieux de savoir ce
qu'il adviendrait
d'une semblable réu-
nion.

L'ourse avait des
oursons que les gri-
maces et les gambu-
des des singes fai-
saient rire — autant
que peuvent rire les
ours — et tout sem-
blait aller au mieux
dans ce singulier mé-
nage, quand un jour
le plus jeune ourson
s'avisa de mordre à belles dents la jambe maigre de son compagnon
de jeu. Le singe, exaspéré par la douleur, sauta au cou de l'ourson et l'é-
trangla à moitié.

En cet instant arriva la mère ourse. Elle vit son petit étendu sur le dos à demi mort, et le singe qui grimpait vivement le long du mur pour échapper à sa colère.

Furieuse, l'ourse se lève toute droite : ses pattes, armées de griffes pointues, se tendent vers le fuyard qui pousse des cris terribles et sa gueule ouverte montre des crocs menaçants.

Encore un peu et c'en était fait du malheureux singe : l'ourse l'eût tué sans pitié (car la pitié est inconnue à ces féroces animaux), lorsque le second singe, voyant le danger que courait son camarade, se précipite vers l'autre ourson qui jouait dans un coin et fait mine de vouloir aussi l'étrangler.

L'ourse se retourne, lâche la patte du singe qu'elle avait déjà attrapé, pour courir au secours de son petit.

Mais comme les ours sont fort lents dans leurs mouvements, le singe avait déjà eu le temps de rejoindre son camarade, et tous deux furent recueillis par le savant qui avait assisté à cette scène, et les retira de la fosse tout tremblants.

La ruse prime parfois la force, se dit le zoophile.

IL PLEUT, BERGÈRE

La gentille Lisette s'est levée ce matin avec l'aube, — cette aurore matinale que mes jeunes lecteurs ne voient point, étant encore plongés dans leurs chauds oreillers; — mais, pour une fille des champs, le sommeil est du luxe. Il faut traire les vaches, écrémer le lait, sortir le troupeau qui doit aller paître : Lisette a bien de l'ouvrage quoique à peine âgée de treize ans. Le courage double ses forces; elle sait que ses parents sont très pauvres, la récolte a été mauvaise cette année, et le propriétaire de leur ferme, un riche marchand de bestiaux, a signifié que, si le loyer arriéré n'était pas payé pour avril, la famille de Lisette serait chassée de l'habitation. La petite fille partage déjà les soucis des siens, et c'est le cœur bien gros qu'elle emmène ses moutons brouter l'herbe des prés, tandis que le soleil de mars se montre à l'horizon.

Lisette tricote des bas de laine à son plus jeune frère, tout en surveillant le troupeau épars dans la plaine, mais prêt à se rallier à la voix de sa bergère. Tout à coup des nuages noirs obscurcissent le ciel et une giboulée terrible, une pluie torrentielle fond sur la campagne. La pauvre Lisette appelle ses brebis, prend dans ses bras les plus petits agneaux et s'abrite sous un arbre dépourvu de feuillage, car les bourgeons seuls commencent à montrer leur verdure au bout des branchages dénudés.

> Il pleut, il pleut, bergère,
> Presse tes blancs moutons.

Une voix de stentor fait résonner l'écho, et presque aussitôt apparaît

P.   5 au tournant de la route un paysan à cheval, que précède un nombreux troupeau.

— Hé ! petite ! fait l'homme en interrompant sa chanson pour s'arrêter devant Lisette, ne sais-tu pas que si cette gredine de pluie dure encore, vous serez, toi et tes moutons, trempés jusqu'aux os ?

— Je le sais bien, mon brave monsieur ; mais notre logis est éloigné, et mes pauvres petits agneaux n'auraient pas la force de marcher sous cette pluie battante.

— Où habites-tu, petite ?

— La ferme aux Oiseaux, à Vernes.

Le paysan regarde Lisette : elle grelotte sous la pluie qui l'inonde, son troupeau se presse autour d'elle en bêlant. Le brave homme semble ému de la douce résignation de la fillette.

— Allons, dit-il, monte sur la bourrique, on mettra les agneaux dans les paniers qui pendent à la selle.

En disant ces mots, le paysan descend de cheval, il hisse Lisette sur un petit âne, recouvre de son gros manteau les épaules de la fillette, et en route !

La pluie tombe toujours. Lisette, garantie contre l'humidité par la cape du paysan, a repris un peu de gaieté. Chemin faisant, elle répond aux questions que le bonhomme lui adresse sur sa famille.

— Que voulez-vous ! dit-elle en terminant, le guignon nous accable depuis quelque temps, il ne nous laisse pas plus de répit que cette vilaine averse qui ne cesse de tomber dru. Mais faut espérer que l'bon Dieu aura pitié de nous, pas vrai, m'sieu ? Après la pluie, le beau temps !

Le paysan ne répond pas, il semble absorbé dans ses réflexions.

On arrive à la ferme. C'est une pauvre masure où le vent pénètre par les fentes des portes, la pluie filtre à travers le plafond.

— M'sieu, vous prendrez bien un verre de cidre en attendant que la pluie cesse ? dit gentiment Lisette en sautant à bas de son âne.

— Bien volontiers, petite ; t'es trop mignonne pour qu'on te refuse.

Lisette court prévenir sa mère. Lorsque celle-ci arrive pour recevoir son hôte, elle recule de deux pas en le voyant.

— M'sieu Antoine ! s'écrie-t-elle en pâlissant.

Il hisse Lisette sur un petit âne.

— Le propriétaire! ajoute d'un air effaré le plus jeune garçon, en se dérobant dans les plis du jupon de sa mère.

— Il serait possible! dit la fillette, vous êtes!...

Lise s'arrête et son regard achève sa demande : — Êtes-vous le méchant qui veut nous chasser ?

Antoine pénètre dans l'unique chambre, s'y assied sans façon et tire de sa poche une pipe qu'il bourre en appuyant fortement le tabac avec son pouce.

— Oui, c'est moi le propriétaire, petite, répondit-il après avoir regardé sournoisement les enfants effrayés. Et j'viens pas pour vous demander de l'argent, n'ayez point peur ! — Lisette, donne-moi du cidre, et vous, mère Françoise, quittez cet air terrifié qui m'offense... Vous avez une fillette qui vaut un trésor, reprit le paysan après quelques minutes de silence. Elle est bonne, active et courageuse ; je veux lui faire plaisir. Nous ne parlerons de terme que l'année prochaine après la récolte.

— M'sieu Antoine !...

La brave paysanne, Lisette et ses frères se sont précipités vers le marchand de bœufs pour lui serrer la main.

— Et c'est pas l'tout, poursuit le paysan, en veine de générosité, je ferai réparer le toit et clore les portes ; puis j'engage votre fils cadet pour garder mes vaches, à cinquantes livres par an. Ça vous va-t-il ?

— Que vous êtes bon, m'sieu Antoine, que vous êtes bon ! dit Lisette, qui a les yeux pleins de larmes, mais de larmes de joie.

— Embrasse ta mère, ta sœur, mon grand garçon, et partons, ajoute le propriétaire, qui, après avoir bu une rasade de cidre, se lève pour remonter à cheval.

La famille l'accompagne en le remerciant encore jusqu'au seuil de la porte.

La pluie a cessé, le soleil resplendit sur la route humide qui miroite comme une glace. Le frère de Lisette tient la bride du cheval que M. Antoine enfourche en disant :

— Adieu, mes amis ! au revoir Lisette ! Tu vois que t'avais raison d'espérer dans le bon Dieu, il n'abandonne jamais les braves gens et surtout les bonnes fillettes ; le dévouement aux parents porte bonheur.

Puis, montrant le ciel bleu, le paysan ajouta :

— Tu l'as dit toi-même, Lisette : après la pluie, vient le beau temps.

UN VOISIN PEU AGRÉABLE

Ne seriez-vous pas, comme moi, très effrayés, chers petits lecteurs, si nous nous trouvions à la place de cet artiste qui peint tranquillement dans une vallée des Pyrénées ou de l'Oural, et a derrière son dos un gros ours noir qui le guette?

Brrr! J'en frissonne rien qu'en y pensant! Il y a bien là deux carabines appuyées dans un coin; seront-elles prises assez à temps pour éloigner ce vilain visiteur?

Je m'amuse fort à jeter du pain aux ours dans la fosse du Jardin des

Plantes, mais j'avoue que donner ma personne en pâture ne me ferait aucun plaisir!...

N'y aura-t-il donc pas une âme charitable qui préviendra ce pauvre monsieur du danger qu'il court? J'irais bien, s'il ne fallait passer devant ce méchant ours... A sa vue, je sens mon courage s'évanouir; êtes-vous plus vaillants que moi, amis lecteurs?

Boum! boum! bouchez-vous les oreilles; boum! boum! quatre coups de feu... le peintre a entendu un léger grognement (ce n'était pas ma voix, c'était celle de l'ours), il s'est retourné aussitôt, a saisi sa carabine et a tué la vilaine bête. Il fera un tapis de sa peau. Le pauvre peintre est sauvé; merci, mon Dieu! nous en avons tous été quittes pour la peur.

LE TRICOT MAGIQUE

Il fait bien froid. Le vent souffle, fouettant les habits qui flottent,
soulevant les jupes des petites filles,
enlevant les casquettes des garçons.
Le ciel roule de gros nuages pleins de
neige, les arbres sont dépouillés et
s'entre-choquent dans un lamentable embrassement.

Pourquoi tout ce monde sur la
place de l'église? Hommes, femmes,
enfants, semblent interroger le ciel

avec inquiétude. Je vois une petite fille gravement occupée à pelotonner un bout de laine qui semble interminable, et forme déjà une grosse boule dans ses petites mains violacées.

Voilà deux petits garçons qui tirent la laine venant d'en haut, et au bout de laquelle on voit un point noir. — C'est un cerf-volant, disent les uns. — Un ballon envolé, disent les autres. — Un oiseau captif, assure une femme.

Ils se trompent tous. Si vous regardez bien attentivement, vous distinguerez les jupes d'une petite vieille, sa taille voûtée, son fichu et son bonnet rond. — Une sorcière, sans doute, qui tricote, sans plus se soucier du vent qui la ballotte et des enfants qui l'entraînent vers la terre.

Elle apparaît d'abord de la grosseur d'une pomme d'api ; puis, peu à peu, elle augmente en se rapprochant.

Les enfants, peu rassurés de leur trouvaille, se pressent contre leurs parents, refuge certain en cas de danger ou de malheur.

Seuls les deux garçons plus téméraires tirent toujours la laine d'une main assurée.

Pouf ! voilà la vieille qui tombe par terre.

Elle regarde étonnée la foule qui l'entoure et tricote sans désemparer.

— Qui êtes-vous, brave femme, et d'où venez-vous ? demande le savetier du village, homme connu pour sa bravoure à chasser les fantômes et les revenants.

— Je viens en droite ligne de Cérès, une fort belle planète, répondit la vieille.

— Ah ! ah ! ah ! voilà qui est drôle. Et combien de temps avez-vous mis à venir ?

— Quatre cents ans.

— La sorcière se moque de nous, dit le savetier qui se croyait savant : il n'y a pas cent ans que Cérès a été découverte par Piazzi, un célèbre astronome italien...

— Il y a bien des choses qui datent depuis longtemps et que vous ne connaissez que depuis peu sur terre, dit la vieille ; les hommes ne déchiffrent que petit à petit le livre de science que Dieu veut bien quelquefois leur ouvrir, et le plus érudit est encore un sot auprès de l'Infini...

Le savetier se gratta la tête en guise de réponse.

— Et comment avez-vous quitté cette planète ? dirent les femmes, intriguées par l'impassibilité de la vieille.

— Au lieu de me demander cela, vous feriez bien mieux de m'offrir un logis, car il commence à neiger, répondit-elle.

De légers flocons blancs, pareils à la dépouille d'un cygne, se détachaient en effet du ciel.

Personne, cependant, n'osait inviter sous son toit l'étrange petite vieille.

Elle tournait autour d'elle ses yeux gris et perçants, cherchant à découvrir parmi les curieux qui l'environnaient un cœur charitable.

Tout à coup elle aperçut Vincent, le pauvre sonneur du village.

— C'est chez toi que je veux aller, dit-elle simplement en se levant.

— Soyez la bienvenue dans ma pauvre maison ! dit Vincent qui ne craignait pas les maléfices ; voulez-vous vous appuyer sur mon bras ?

Mais l'habitante de Cérès n'avait pas besoin d'aide pour marcher. On la vit glisser avec rapidité sur la neige et ne s'arrêter qu'au foyer éteint du pauvre sonneur.

La foule qui avait suivi Vincent fut frappée de ce phénomène.

— C'est peut-être une bonne fée ! se dit-on.

La sorcière avait repris son tricot, Vincent s'agenouilla près d'elle ainsi que les enfants ; les parents, debout, écoutaient :

— Il y a quatre cents ans, dit-elle, que mon père, le fameux astronome Uranophilos, découvrit de Cérès une nouvelle planète qu'il appela *Cosmos*. Je n'ai pas besoin de vous dire que cette brillante découverte était la Terre.

— La terre est donc une planète ! s'écrièrent les assistants ébahis.

— Ni plus ni moins que Cérès, répondit ironiquement la sorcière... J'étais alors, continua-t-elle, une petite fille de huit ans, très paresseuse et très gâtée, qui ne savait ni lire, ni écrire, ni compter. Malgré mon ignorance, je me croyais un grand personnage, parce que mes caprices étaient des ordres, et je rendais malheureux tous ceux qui m'entouraient, parents, amis, domestiques, par mes exigences sans nombre.

Il vint en ce temps-là chez mon père une vieille femme qui tricotait.

Elle demanda à regarder dans le télescope pour examiner aussi la planète *Cosmos*; mais, comme elle était trop petite pour arriver jusqu'à l'instrument, elle me pria poliment de lui avancer un siège.

— Eh! lui répondis-je brusquement, qu'avez-vous besoin de voir là-dedans? Tricotez vos bas, cela vous sera plus utile que de regarder un nouveau monde!...

— Insolente! s'écria la vieille en levant sur moi son tricot, je t'apprendrai à manquer de respect à une femme d'âge!... Pour te punir de t'être moquée de ce que je fais, je te condamne à tricoter quatre cents ans, le temps que tu mettras à aller de Cérès à Cosmos...

Disant ces mots, la fée (car c'était une fée), avec une force dont j'aurais cru incapable une si petite personne, me prit par le bras, et, ouvrant la fenêtre de l'observatoire, me jeta dans l'espace...

Je poussai un cri, croyant tomber de la hauteur de cinq étages sur le pavé... Il n'en fut rien. Je me sentis portée dans l'air, le tricot de la fée aux doigts; je tricotai pendant quatre cents longues années, faisant de bien tristes réflexions sur les conséquences de ma vilaine conduite.

La vieille sorcière abaissa sa tête blanchie par les cinq mille deux cents lunes qu'elle avait passées à traverser le ciel.

Les assistants ne la regardaient plus avec frayeur, mais avec compassion.

— Pour une imprudente parole venant d'une enfant gâtée, dit Vincent, rompant le silence qui pesait sur l'assemblée, m'est avis que la fée a été bien sévère envers vous, madame.

— Les grands exemples sont parfois utiles. Puissent-ils servir de leçon à tous les enfants qui abusent de la faiblesse de leurs parents pour être paresseux et insolents! répondit tristement la sorcière.

La vieille parlait encore, lorsque de la cheminée s'éleva tout à coup

une flamme blanche, et de cette flamme sortit une petite fée toute scin-
tillante d'or et de pierreries.

— Il ne tient qu'à ces braves femmes qui te plaignent de te rendre
heureuse, dit la fée à la sorcière ; qu'elles s'engagent à travailler chacune
un peu à ton tricot, et je te ramène à Cérès...

— Nous y consentons toutes ! s'écrièrent les paysannes.

— Merci, mes amies, merci ! dit la sorcière émue, votre bonté ne ser
pas perdue, le tricot deviendra la consolation et le travail des vieillards...
Quand à moi, je garderai ce souvenir de la terre : que les habitants en
sont bons et charitables...

Les paysans ayant applaudi aux paroles des habitantes de Cérès, on
les vit disparaître toutes deux dans un tourbillon de flamme, éclair qui
devait les transporter en quelques secondes dans leur planète.

Voilà comment, mes chers enfants, le tricot est venu sur terre, et
pourquoi les paysannes y travaillent si activement tous les jours.

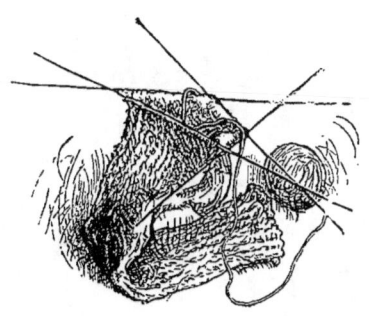

Il monte un cheval arabe richement caparaçonné...

NOV-ROUZÉ

Le prince Mohamed Hassan Khan, gouverneur de la ville de Téhéran,
a quitté son palais vers cinq heures du matin pour se rendre à Schah
Abdul-Azim, villégiature préférée de S. M. le schah de Perse.

Il est coiffé de son grand coula d'astrakan, entouré d'une chaude pelisse de cachemire doublée de renard bleu, chaussé de sandales jaunes
brodées d'or et de perles. Il monte un cheval arabe, richement caparaçonné de soie rouge et de flocons d'or. Le prince est suivi de son premier
secrétaire et de ses agas. Trois domestiques marchent en avant, portant
des torches résineuses au bout de longs bâtons ; car, quoique la Perse se
croie civilisée, il lui manque une foule de choses pour qu'elle le soit,
même à demi, et entre autres le gaz fait totalement défaut dans ses rues.
Voilà pourquoi le gouverneur sort avec des lumières. Grâce à cet éclai-
rage ambulant, il peut distinguer le chemin caillouteux où butterait son
cheval, esquiver les chiens errants et mettre en fuite les voleurs qui
n'ont garde des'attaquer aux grands personnages. Mais pourquoi Mohamed
Hassan Khan, si paresseux d'ordinaire, s'est-il levé avant le jour pour
rendre visite à son souverain ? C'est que nous sommes à la veille du
21 mars, la nouvelle année, *Nov-Rouze*, pour les Persans.

Ce jour-là, tous les fidèles seigneurs qui ont rang à la cour doivent
être debout avant le soleil, pour rendre hommage à leur schah.

Après la prière d'usage récitée les mains étendues, le schah de Perse
daigne présenter sa babouche aux lèvres de ses fidèles qui reçoivent en
échange une bonne place, le titre de Khan, une décoration. Hochets de
la gloire humaine, qui font désirer le Nov-Rouze aux Persans avec la
même impatience que vous désirez, chers petits lecteurs, le beau jour
du premier de l'an.

PRIMAVERA

LA CHANSON DU PRINTEMPS

Concetta et Giuseppina descendent en chantant l'escalier de trois cents marches qui conduit du village le *Vomero* au corso Victor - Emmanuel.

Ce sont deux pauvres blanchisseuses napolitaines, orphelines, et ne possédant qu'une humble chaumière qui borde la route, un tout petit jardin où croissent çà et là quelques piments jaunes, et une grande cuve où elles mettent le linge des pratiques.

Elles sont bien jeunes encore pour tant travailler ! Concetta a seize ans, et Giuseppina douze. Cependant leur maisonnette est propre, leur lessive bien soignée, et elles mettent quelques sous de côté, chaque année, pour aller en pèlerinage à Notre-Dame-de-l'Arco.

Toute la semaine, elles se lèvent au chant matinal du coq, ce réveil-matin de la nature, et, après avoir fait leur prière, elles trempent dans l'eau claire de la fontaine leur front, leurs mains et leurs pieds nus. Puis commence la besogne. A demi penchées sur une grosse pierre qui leur sert de brosse (au détriment du linge, par exemple!), elles se mettent à savonner, savonner. Pendant qu'elles travaillent ainsi, bon nombre de leurs amies, moins diligentes, viennent perdre leur temps en bavardages. Le temps, ce trésor que Dieu nous donne en lingot pour nous instruire, tra-vailler, faire du bien, elles le dépensent follement en causeries inutiles!..

— Chères amies, leur dit souvent Concetta, vous me demandez pour-quoi Giuseppina et moi nous sommes toujours gaies et contentes, malgré la maigre part de bonheur qui nous revient. Voulez-vous savoir le grand secret qui nous rend heureuses? Nous aimons le travail, nous ne perdons pas notre temps : il n'est point de si petite semence qui ne porte des fruits avec la patience... Faites comme nous, chères amies, ce n'est pas bien difficile, le remède est sûr.

Grâce à nos deux orphelines, bien des filles au *Vomero* ne courent plus les champs toute la journée, mangeant des oranges ou cueillant des figues d'Inde ; elles apprennent un métier qui leur rapporte quelque argent, et le dimanche elles peuvent aller, bien vêtues et le cœur sa-tisfait, danser la *tarantella* sur la grande pelouse, après avoir entendu les vêpres.

Voilà pourquoi Concetta et Giuseppina sont si aimées, si considérées au village, malgré leur pauvreté. Aussi, quand par une belle journée de printemps on les voit descendre vers Naples en chantant et se donnant la main, on les salue amicalement :

— Bonjour, jeunes filles, bonnes et travailleuses ! Que la Madone bé-nisse votre chanson de *primavera !*

ANES BLANCS ET ANIERS NOIRS

SCÈNES DE MŒURS ÉGYPTIENNES

Hi han! hi han! Les petits ânes blancs, revêtus de leur selle et de leurs pompons rouges, les sabots bien cirés, attendent aux portes du harem que les nobles Hanoums daignent les prendre pour monture.

L'âne blanc est très gentil et très coquet, ma foi! Aussi les jolies dames et fillettes égyptiennes, les graves mollahs et les jeunes beys, le prennent-ils volontiers pour faire un tour de promenade à Choumbra (les Champs-Élysées du Caire). Puis, il est très docile, ce cher petit âne arabe, beaucoup mieux élevé que son camarade de Montmorency. Une simple petite baguette appliquée légèrement sur la croupe, et il court... il court... à faire plaisir.

Le vendredi (qui est le dimanche des musulmans), les ânes sont loués fort cher et retenus à l'avance. *L'echekdji* (ânier) a soin de faire valoir la blancheur du poil de sa bête et la belle housse de sa selle. Plus la housse est neuve, plus la tête de l'ânon est couverte de pompons et de croissants argentés, plus le prix est élevé.

Nous voyons la porte d'un harem entr'ouverte sur une rue très fréquentée : les femmes fellahs portent sur leur tête la pâte qu'elles vont faire cuire au four, les chameliers profitent du jour de repos pour se pavaner sur leur monture, et les *Hanoums*, qui descendent l'escalier, ont fait une toilette digne de celle de leurs ânes : grand manteau noir, pantalon rouge, voile blanc et coiffure jaune.

P.

Les Hanoums ont fait une toilette digne de celle de leurs ânes.

Le nègre qui marche en avant aide les dames à s'asseoir sur la selle, ce qui n'est pas chose facile, vu le manteau et le voile qui les embarrassent. Enfin, il applique une bonne tape à l'âne, qui se met à trottiner.

Les malheureux noirs qui conduisent plusieurs Hanoums à âne ont lieu de souffrir avant d'arriver à Choumbra! Tantôt tapant ou arrêtant un âne, achetant un *chéker* à une Hanoum, donnant à boire à une autre, le pauvre homme sue sang et eau pour faire marcher de front les ânes blancs et les caprices de ces dames. Les femmes orientales sont comme les enfants... mal élevés. Aussitôt en route, elles veulent mille choses et gémissent jusqu'à ce qu'elles aient obtenu ce qu'elles désirent : un gâteau, un bonbon, un verre d'eau ou une cigarette. Vous n'entendez que le nom du pauvre nègre appelé par les quatre ou cinq femmes qu'il conduit : — Ali! ouvre mon ombrelle! — Ali! ramasse ma babouche! — Ali! tape mon âne! — Ali! mon éventail! — Ali, j'ai faim! achète un *simite!* — Ali, j'ai soif! apporte un verre d'eau! — Ali! mon miroir! — Ali! mon voile se détache! — Ali! ma selle tourne... je vais tomber...

Ali court de l'une à l'autre, plus éreinté que les ânes blancs à la fin de la journée : car on ne sait lequel de l'âne blanc ou de l'ânier noir est le plus à plaindre en Égypte :

> Ce n'est rien de porter la Hanoum :
> C'est beaucoup de la supporter!...

LES DEUX ANONS

Baudet, mon ami, tu parais bien content d'être en liberté... tu lances des ruades, tu broutes l'herbe fraîche, tu te roules sur le gazon... Il me semble entendre d'ici ton *hi han* joyeux.

Pourquoi ton camarade ne partage-t-il pas avec toi la récréation qu'on lui accorde? Il est là, immobile, tournant ses longues oreilles, tout étonné de te voir si heureux. Regretterait-il la charrue ou sa lourde selle ornée de paniers? Cela me semble impossible : quel est l'écolier qui préfère ses bancs de classe aux doux ébats des vacances !

— Hi han ! hi han ! hi han ! répond le joli ânon noir. (Comme vous ignorez sans doute, chers petits lecteurs, la langue asine, je vais vous traduire ce qu'il veut dire.)

— Mon camarade est paresseux, dit le baudet; il ne travaille guère, n'ayant d'autre charge à porter qu'un gentil petit garcon ou une belle petite fille qui n'ont garde de le frapper et le comblent de caresses. Moi, c'est différent, je suis l'âne du meunier, je suis à l'ouvrage tout le jour et sais apprécier un moment de repos.

Il est vrai d'ajouter, ce que sentait bien le petit âne, mais ce qu'il ne savait exprimer, que l'on ne jouit réellement d'un plaisir que lorsqu'on a bien accompli son devoir. Le gentil baudet avait travaillé avec courage, c'est pour cela qu'il gambadait, et profitait si gaiement de la récréation que son maître lui avait accordée.

A TUNIS

Au bord de la Méditerranée, au fond de la vaste lagune de Boghaz, s'élève en Afrique la ville de Tunis. Ce n'est point, comme Alger, un amphithéâtre de maisons blanches, déployant sur la côte ses larges quais et ses arcades mauresques ; ce n'est point, comme Constantinople, deux parties du monde se donnant la main, égales en beauté et noblesse ; non, Tunis ne sera jamais qu'un simple reflet du prestige oriental. Ses maisons, masquées par d'épais grillages, s'entassent dans les carrefours sans ordre et sans charme. Çà et là, de maigres minarets élèvent leur tête blanche, semblables à de grands cierges coiffés d'un éteignoir et entourés d'une bobèche. Dans les rues étroites, dépourvues de trottoirs, se bousculent les chameaux, les voitures, les mulets et les passants ; ceux-ci se garent le mieux qu'ils peuvent des longues files de chevaux, chargés de sacs de farine ou de monceaux de pierres, qui arrivent au grand galop, précédés d'un Arabe demi vêtu. Des portefaix, plus chargés que des mulets, vous heurtent, sans crier gare, avec une grosse caisse pleine d'oranges, ou une outre remplie d'huile. Sous les pieds une boue noirâtre ou une poussière jaune, dans laquelle on enfonce comme dans les sables mouvants ; ajoutez le soleil qui darde ses rayons brûlants sur votre tête ou le ciel qui décharge ses nuages pleins de pluie, et vous aurez une idée de la ville de Tunis.

C'était sur la place du grand bazar. Dans la journée il avait fait une chaleur horrible ; pas un souffle d'air n'était venu de la mer rafraîchir les poitrines oppressées. Dans les palais on s'éventait, couché sur des nattes de paille; dans les rues on s'étendait sur la terre chaude, à l'ombre de quelque sycomore ou de quelque platane au feuillage jauni, et l'on s'endormait au bourdonnement des moustiques. Le commerce avait langui comme les habitants accablés de cette température tropicale. Seuls quelques chameliers, bronzés par le soleil et le vent du désert, suivaient le troupeau paisible des chameaux gris, au poil rare.

Sur la mer calme, pailletée de rayons, les navires étaient arrêtés, nul souffle d'air ne venait gonfler leurs voiles blanches qui pendaient inertes au bout des vergues.

Le grand bazar, éclairé en haut par de rondes fenêtres, était sombre et presque tiède : car ses murs épais, ses voûtes massives, interceptaient la chaleur, ne laissant passer que les courants d'air venant des grandes portes d'entrée.

Un cheval couvert d'écume, monté par un voyageur enveloppé d'un burnous blanc, pénétra, vers les trois heures, par la grande porte du Sud; il devait venir de loin, car sa monture arabe, aux fines jambes grises, fléchissait de fatigue et, quant au cavalier, penché en avant, le front entouré d'un foulard blanc, il semblait plutôt une statue qu'un être vivant.

Il s'arrêta cependant devant un marchand de nouveautés européennes :

— Toi qui es *roumi*, lui dit-il, rends-moi un service.

— Que désires-tu?

— Indique-moi le consulat de France.

— Il est au *Franco Mahallé*.

— Je ne connais point Tunis, répondit le voyageur, conduis-moi, frère, je te donnerai un pourboire.

Le marchand fit une légère grimace.

— C'est loin et il fait chaud, dit-il.

— Je te payerai en conséquence.

Le roumi baissa la tête, convaincu par cet argument, et, prenant un grand parapluie de toile grise, précéda le cavalier dont le cheval titubait à chaque pas.

Au bout de vingt minutes, le marchand s'arrêtait devant une grande maison où flottait le drapeau tricolore. Le voyageur, qui était retombé le long de la route dans son accablement, parut retrouver des forces en voyant le drapeau de sa nation. Ah ! c'est sur la terre étrangère, lorsqu'on est éloigné de tout ce qui nous est cher, que ce symbole de la patrie fait

Le consul est-il ici ? demanda le Français.

palpiter le cœur ! Il semble que ce lambeau de toile qui flotte soit une tente où désormais on sera à l'abri, c'est un rempart contre les ennemis et contre le mauvais sort : on le dévore des yeux, on le bénit du fond de l'âme. N'est-ce point une parcelle de la France qu'on retrouve encore là-bas ?

A la porte du consulat, des domestiques indigènes dormaient dans le vestibule.

— Holà ! quelqu'un ! s'écria vigoureusement le cavalier.

Un des Arabes se souleva sur son séant.

— Le consul est-il ici ? demanda le Français.

— Oui, monsieur, mais il ne reçoit personne, il est occupé à écrire son courrier...

— Il me recevra, j'en suis sûr; allons, viens m'aider à descendre de cheval, mes pieds et mes mains tremblent de fatigue...

— Sans compter que le cheval ne mangera guère de foin ce soir... s'il n'en mange jamais plus...

Le domestique avait pris dans ses bras le voyageur et le descendait dans le vestibule, comme il eût fait d'un enfant; celui-ci laissait faire, incapable de se bouger.

Le marchand roumi, qui était entré avec le voyageur, se joignit au domestique et tous deux, passant leur bras sous la taille élancée du Français, l'aidèrent à gravir les marches de l'escalier, recouvert de nattes finement tressées.

Au premier étage était un grand salon, meublé mi à l'arabe et mi à l'européenne; ce fut sur un des divans qui le garnissaient que le voyageur s'assit, ou plutôt se laissa tomber en attendant son consul.

Celui-ci arriva bientôt dans le salon, et, s'élançant vers le jeune homme qui s'était débarrassé de son foulard et de son burnous :

— Jacques! c'est toi! C'est toi que je retrouve en cet état! s'écria-t-il en serrant fortement les mains de son compatriote. Je t'ai laissé il y a six mois à Bône, plein de vie et d'espoir, tout heureux de faire partie d'une caravane scientifique...

— Dont je suis peut-être le dernier vivant, soupira le Français.

— Est-il possible? Que sont donc devenus tous les ingénieurs et les savants qui t'accompagnaient?

— Empoisonnés par des bananes que nous avait vendues une tribu qui semblait amie; moi seul je n'en ai pas mangé et ai pu échapper à ces bandits, grâce aux jambes de gazelle de ma monture arabe... Mais voilà huit jours que je suis en route, me désaltérant aux sources, ne mangeant que les fruits rencontrés sur les arbres, me confiant en Dieu pour retrouver mon chemin, presque mourant d'inanition et de fatigue.

Le jeune ingénieur, accablé par l'émotion et la lassitude, tomba évanoui dans les bras de son ami en achevant de parler.

Le consul appela aussitôt son médecin, et les soins les plus actifs furent prodigués au jeune homme, tandis que lui-même annonçait en France la terrible nouvelle : la mission scientifique sur laquelle on avait fondé de si grandes espérances avait été anéantie par les sauvages de l'Afrique centrale.

Ces martyrs de la science et du devoir, lâchement empoisonnés, devaient être vengés. La France est assez puissante, assez forte, assez bonne mère, pour faire respecter ses enfants jusque dans les déserts de l'Afrique, et Tunis, qui soutient les rebelles, doit recevoir, elle aussi, tôt ou tard, le prix de sa traîtrise.

On ne manque pas impunément à la plus loyale des alliées, à la plus digne de respect et d'amour,... à la France ! et, du reste, un proverbe bien connu des musulmans prouve que toute faute doit être punie, car il dit : *Celui qui a de la pitié pour le méchant est cruel envers l'humanité.*

LES SIOUX OU PEAUX-ROUGES D'AMÉRIQUE

Il existe dans le centre de l'Amérique du Nord, le long du grand fleuve *Missouri*, d'immenses plaines appelées *prairies*. C'est là qu'habite la nation *Sioux*, divisée en deux races qui, malheureusement, sont toujours en guerre l'une contre l'autre : les *Dakotas* et les *Assiniboins*. Ces sauvages vivent en tribus sous des tentes ; leur seule occupation est la chasse au traquenard. Ils tendent des pièges aux loutres, aux petits gris, aux martres, aux castors, petites bêtes vêtues de riches fourrures, dont on orne les manteaux et couvre les manchons. Mais ce n'est point pour les femmes Dakotas que les Sioux font la chasse, car elles se contentent pour tout vêtement de quelques colliers de verroterie, et de jupes en plumes, arrachées aux ailes des oiseaux domestiques : C'est pour les frileuses et élégantes européennes. Que de peines, de dangers, de fatigues, pour apporter jusqu'à elles ces chaudes toisons !...

Les Sioux, après avoir dépouillé le gibier de sa fourrure, l'apportent au chef du camp. Celui-ci examine la beauté de la peau et fixe approximativement le prix que l'on doit exiger du trappeur. Ce n'est point de l'argent, l'argent n'ayant pas cours aux prairies, mais des paquets de clous, des outils ou des armes, objets précieux pour les sauvages, que les envoyés des grandes entreprises de fourrures, reconnus trappeurs, échangent contre des peaux recherchées.

Les Sioux, ou Peaux-Rouges, sont la race indigène de l'Amérique, et avant Christophe Colomb, pas un homme blanc n'avait mis le pied dans ces riches contrées, aujourd'hui si fertiles, alors si sauvages ! Les émigrés volontaires de l'Angleterre, de l'Espagne, du Portugal, de la Hollande, ont peuplé en quelques siècles cette immense partie du globe, refoulant à l'intérieur les indigènes que la civilisation n'a pu encore atteindre. — Ce n'est pas du mépris, c'est de la pitié qu'on doit avoir, mes enfants, pour ces pauvres Sioux, si primitifs, si éloignés de nos usages et de nos mœurs, n'ayant ni éducation pour réprimer leurs mauvais instincts, ni instruction pour développer leur intelligence. En caressant le duvet chaud et soyeux qui couvre la pelisse de votre mère ou votre petit manchon, songez quelquefois aux sauvages qui ont conquis pour vous cette bonne fourrure, et quelque soit l'intention cupide qui les ont guidés, soyez-leur en reconnaissants : il viendra peut-être un jour où il n'y aura plus de sauvages et plus de malheureux : C'est là que tendent les efforts de l'homme, aidés de la Providence de Dieu.

LE DRAME DE LA FORÊT DE SÉNARD

I

Il existait dans la forêt de Sénard (la belle forêt qui borde Brunoy) une honnête famille de lapins, qui avait toujours vécu heureuse et ignorée jusqu'au jour où commence ce récit.

La famille lapine était très nombreuse, et, parmi les petits lapins qui la composaient, il y en avait un, fort espiègle et fort désobéissant, qui donnait à lui tout seul plus de mal à sa pauvre mère que ses trente-six autres frères.

On le nommait Noirot, car sa robe était noire, ce qui est très rare chez les lapins. La maman lapine se désolait de l'étourderie de son fils.

— Il lui arrivera malheur un de ces jours, disait-elle, il est trop désobéissant !

Puis, appelant un de ses fils aînés dans lequel elle avait grande confiance :

— Turlupin, lui dit-elle, veille sur Noirot, sermonne-le, tâche qu'il suive ton exemple... Il est si étourdi ! j'ai toujours peur qu'il ne lui arrive quelque chose de fâcheux.

Turlupin, qui était un excellent garçon, promit de ne point perdre de vue Noirot et de l'exhorter à la sagesse.

Sur ces entrefaites, le père lapin rentra tout effaré au logis, suivi de ses nombreux enfants qui venaient lui souhaiter le bonsoir.

— Oh! mes enfants, mes chers enfants! commença le lapin d'un ton lamentable, quelle terrible nouvelle ai-je à vous apprendre!

— Ciel! qu'est-il arrivé? s'écria la pauvre mère lapine, en jetant un regard anxieux sur ses rejetons, pour s'assurer si quelqu'un d'entre eux ne manquait pas à l'appel; mais, voyant que sa famille était au grand complet, elle reprit d'une voix plus tranquille : Qu'avez-vous donc de si triste à nous apprendre, cher époux?

— La forêt de Sénard, si paisible, si sûre, où depuis plusieurs siècles vivaient en paix les générations de lapins qui nous ont précédés...

— Eh bien?

— Cet asile est deve-nu inhabitable! conti-nua le lapin, tandis que l'auditoire, oreilles dres-sées, écoutait avide-ment.

— La chasse serait-elle autorisée?

— Autorisée! je ne sais. Toujours est-il que d'affreux pièges ont été

Oh! mes enfants! mes chers enfants!

dressés dans les endroits fleuris où nous allions brouter le trèfle vert... D'horribles hôteliers, venus de Brunoy, pour notre désespoir, envahissent nos retraites et guettent nos fils pour en faire des gibelottes.

— C'est une infamie! s'écria la mère lapine, manque-t-il de chats à Brunoy, pour que l'on vienne impunément chercher nos lape-reaux?

Cet élan de colère passé, la pauvre lapine se mit à sangloter sur l'échine blanche de son époux.

— Ayons l'œil au guet, mes frères, dit Turlupin, redoublons de pru-dence,... méfions-nous des feuilles de choux qui poussent au pied des arbres, des carottes qui naissent inopinément sur les fraisiers;... partout où la main de l'homme, enfin, contrefait la nature,... méfions-nous.

— On ne peut pas vivre de l'air du temps et de l'eau de l'Yère, s'écria Noirot, qui n'avait peur de rien, ne connaissant pas le danger.

— Vous pouvez continuer à bondir dans la forêt et à brouter les herbes fraîches, dit le père lapin; mais ne mangez rien surtout, rien de ce qui vous paraîtra délicieux, si vous n'êtes sûrs que cela pousse dans nos bois.

Les enfants promirent d'être prudents. Noirot promit aussi, mais pouvait-il tenir sa promesse?

II

Dès le lendemain, Noirot eut une envie folle de voir — de loin — ces prétendus pièges tendus à l'inexpérience des lapins. Son père lui avait dit

Papa aura rêvé...

d'éviter les bords de la rivière, et ce fût là, cependant, qu'il courut, suivi, sans s'en douter, par le fidèle Turlupin.

L'Yère était bordée de roseaux et de mille fleurs coquettes, qui se désaltéraient dans ses ondes limpides. Une épaisse verdure servait de cadre à cette gentille rivière. Les oiseaux voletaient sur les roseaux, les insectes bourdonnaient sur les fleurs. Pouvait-il y avoir un piège au milieu de ces chants d'oiseaux, du parfum de ces fleurs, et du bourdonnement de ces insectes? Noirot crut cela impossible, et s'avança hardiment au bord de l'eau.

— Papa aura rêvé, se dit-il, il n'y   pas plus du piège à Sénard qu'entre mes deux oreilles... La vue de ce pauvre papa commence à baisser, il aura pris une branche de bois mort pour un traquenard... Ces chers parents sont si facilement épouvantés quand il s'agit de leurs enfants!... Ah! que la journée est belle! continua notre lapereau en longeant la rivière, je regrette vraiment de ne pouvoir nager comme ces petits canards pour prendre un bain dans l'Yère ; on dit que les bains provoquent l'appétit... mais il me semble que cette promenade matinale m'en a tenu lieu, car je me sens une faim terrible... Il y a ici beaucoup de trèfle, je vais en manger.

Noirot se mit à brouter quelques feuilles, puis s'écria : — Que cette nourriture est insipide! Vraiment si elle est bonne pour la santé, elle n'est guère faite pour plaire au goût... Tiens! mais je ne me trompe pas, j'aperçois des cosses de haricots... Une brave femme de Brunoy, sans doute, qui sera venue là écosser ses légumes... Papa ne dira pas, par exemple, que c'est extraordinaire, je vais y goûter sur-le-champ.

Noirot, tout à sa gourmandise, ne remarqua pas qu'auprès des cosses de haricots brillait un fermoir d'acier qui n'avait rien à faire avec les légumes. Le lapereau se mit gloutonnement à manger, quand, tout à coup, un petit bruit sec se fit entendre. Noirot voulut fuir, trop tard, hélas! il était pris dans un piège, sorte de cage en fer qui le retenait prisonnier.

En se voyant ainsi renfermé, Noirot se mit à bondir de rage, à frapper son museau contre le grillage de sa prison: mais, voyant ses efforts inutiles, il se prit à gémir, appelant sa famille à son secours dans des cris lamentables.

— Maman! papa! Turlupin! Chers parents, venez à mon aide, venez à mon secours! je serai désormais obéissant et sage, je suivrai vos conseils! ne m'abandonnez pas!...

Ainsi criait le pauvre Noirot, et l'écho répétait ses plaintes avec indifférence.

Il vit arriver, vers le soir, un homme au visage rébarbatif, coiffé d'une calotte blanche d'une propreté douteuse, et enveloppé dans un tablier monumental :

— Eh! eh! fit notre homme, avec un sourire qui glaça d'effroi le pauvre prisonnier, voilà une bonne prise, ce me semble! Elle est unique, il est vrai, mais quelle belle bête! grasse à lard, jeune, et qui sera exquise avec les petits lardons et les oignons dont je l'entourerai...

— Grâce! grâce! monsieur l'hôtelier! glapit Noirot, qui n'avait d'autre espoir que dans la magnanimité de son hôte, et encore cet espoir était-il si mince que le pauvre lapereau ne dissimulait pas ses larmes... Grâce, monsieur l'hôtelier! je suis si jeune... si heureux... mais d'une chair coriace qui tient de famille... croyez-moi, ouvrez le piège, où je languis depuis ce matin : il viendra s'y prendre quelque gros lapin, potentat de garenne...

Eh! eh! fit notre homme...

—Lapereau, mon ami, dit l'hôtelier, connais-tu la fable du pêcheur et du petit poisson? Non, sans doute, car tu ne vas pas à l'école. Te la dire serait trop long, écoute seulement la morale que je prends aujourd'hui pour maxime :

Un bon tiens vaut mieux que deux tu l'auras,
L'un est sûr, l'autre ne l'est pas.

III

Noirot, désespéré, s'abandonnait à son malheureux sort, c'est-à-dire gisait au fond du sac en filet dans lequel le féroce hôtelier l'avait relégué, lorsqu'il crut apercevoir sur la lisière du bois deux longues oreilles jaunes, bien connues pour appartenir à Turlupin. Noirot voulut jeter un cri de détresse; mais son frère, passant une patte sur son museau, lui fit signe de se taire. Le lapereau ne demanda pas mieux ; il espérait, maintenant qu'il savait auprès de lui Turlupin, le meilleur des frères et le plus rusé des lapins.

L'hôtelier, pendant ce temps-là, détachait une petite barque amarrée au rivage, et s'apprêtait à y monter, lorsqu'un beau chat angora, aux longs poils feu et blanc, sortit inopinément du bois, et vint, la queue en l'air, faire son ronron tout en caressant de son museau la jambe de l'hôtelier.

— Qu'est-ce que c'est que cela ? fit le bonhomme, un chat magnifique qui vient me caresser? Parbleu! voilà une chance peu commune ! Trouver en pleine forêt de Sénard un matou dont la mère Michel serait jalouse !... et Mme Lustucru, mon épouse, que dirait-elle si je lui apportais ce bel angora?... Petit Minou, petit Minou, continua

Qu'est-ce que c'est que cela?

l'hôtelier en caressant le nouveau venu, veux-tu que je t'emporte, mon chéri?

Sans attendre la réponse du chat, M. Lustucru le prit dans ses bras et le mit dans le même sac que Noirot; puis, s'embarquant lestement avec son butin qu'il déposa au fond du bateau, l'hôtelier saisit les avirons et se mit à ramer vers Brunoy.

— N'allez pas vous quereller au moins, mes petits amis? disait-il en s'adressant à ses prisonniers; mais non, il me semble que vous allez assez bien d'accord; tant mieux, on vous mettra dans la même gibelotte... Ah! que mon épouse va être contente, qu'elle va être contente !

Le chat et le lapin, côte à côte dans le sac, parlaient tout bas la langue lapine :

— Comment, cher frère, tu as pris ce déguisement pour me suivre? disait Noirot tout ému du dévouement de Turlupin; qui donc t'a donné cette belle robe d'angora?

— Je l'ai trouvée sur le corps d'un malheureux chat, mort de faim dans notre forêt. Depuis ce matin, je cherchais le moyen de m'approcher de toi, quand le hasard me fit découvrir cette peau. Grâce à elle, je pourrai peut-être te sauver; petit désobéissant, songe au chagrin de notre pauvre mère, sois docile et espère en moi...

Noirot ne répondait pas, il pleurait d'attendrissement et de repentir.

En ce moment, maître Lustucru aborda à son hôtellerie, dont les cuisines donnaient sur la rivière

— Eh ! madame

Eh ! madame Lustucru!

Lustucru! Madame Lustucru! venez donc voir ce que je vous apporte! cria l'hôtelier.

Il entra, tenant d'une main Noirot par les oreilles, et de l'autre portant Turlupin qui se laissait faire.

La maison de maître Lustucru, à l'enseigne du *Soleil levant,* était fort réputée à Brunoy pour sa bonne cuisine, son vin aigrelet et ses prix modérés; aussi, aucune noce convenable n'aurait-elle été dîner dans une autre auberge. Quand il faisait beau, on soupait sous la tonnelle en chèvrefeuilles qui borde l'Yère, l'hiver dans la grande salle où tenaient largement cinquante couverts. Madame Lustucru, fort avenante, était très aimée de sa clientèle, à laquelle elle prodiguait, du haut de son comptoir d'étain, les sourires et les compliments.

P.   7*

— C'est là ta chasse ? dit-elle, tu as passé la journée dans la forêt pour rapporter un lapin de trente sous.

— Le lapereau, j'en conviens, ne vaut guère plus, dit l'hôtelier en se grattant l'oreille, mais nous pouvons y ajouter le chat... Que dis-tu de ce chat?

— Quoi! tu voudrais sacrifier ce beau Minet qui va remplacer ma pauvre chatte grise morte hier d'indigestion? Y penses-tu, mon homme ? Mets ton vilain lapereau dans la caisse aux épluchures, nous le servirons demain en fricassée à ce riche commis-voyageur qui vient de Montargis ; quant à ce minet-là, je le garde pour moi; et que la mère Michel ne s'avise pas de me le prendre, ou gare à elle !... Viens donc, mon chéri, mon bijou, acheva Madame Lustucru, en caressant Turlupin, qui faisait un ronron formidable ; je vais te donner une tasse de lait.

Turlupin, choyé, caressé, faisait gros dos et avait l'air très heureux de son sort; et cependant il profita du moment où les gens de l'auberge étaient attablés pour courir dans la basse-cour. Noirot y avait été relégué, au fond d'une grande boîte de bois.

— Noirot, mon pauvre Noirot, cria Turlupin, as-tu diné? Pendant que l'on me bourrait de bonnes choses, je pensais à toi, mon ami!

— On m'a donné des épluchures de carottes, de choux et de pommes, répondit Noirot d'une voix mal assurée; mais je n'ai pas faim, mon frère, quand je pense que demain... à cette heure-ci, je serai dans l'estomac du commis-voyageur de Montargis...

Des sanglots contenus avec peine empêchèrent le lapereau de continuer.

— Il ne faut pas perdre courage, petit frère, dit Turlupin ; tâchons de nous sauver de ce guêpier, où je tremble, sous ma peau de chat, qu'on ne me reconnaisse pour un lapin. Emploie le temps qui nous reste jusqu'à la nuit, à creuser un trou dans ta boîte; moi, je vais inspecter les environs.

Noirot se mit vivement à l'ouvrage, grignotant avec fureur le bois mince de sa prison.

Turlupin fit le tour de la basse-cour, qui était fermée par un petit mur. Impossible d'en sortir, si ce n'était par l'auberge, et l'auberge, pendant la nuit, avait ses portes closes... Turlupin allait continuer ses recherches, quand il s'entendit appeler par l'hôtesse. Vite, il s'empressa d'accourir pour ne point éveiller les soupçons et mangea, sans appétit, le poisson que lui donna Madame Lustucru.

— C'est singulier, un chat qui n'aime pas le poisson, dit-elle.

Le pauvre Turlupin se mit alors à dévorer ce mets qui lui paraissait détestable : que n'eût-il pas mangé pour l'amour de son frère !

Une compagnie d'ouvriers étant arrivée sur ces entrefaites, Madame Lustucru leur servit à boire, et Turlupin s'échappa dans la petite cour, regardant de tous côtés par où il pourrait s'enfuir.

Tout à coup, il se sentit inondé par de l'eau chaude qui tombait en torrent d'un trou pratiqué dans la cuisine ; il n'eut que le temps de se retirer du ruisseau, qui s'écoulait par un autre trou percé dans le mur.

— Voilà mon affaire ! se dit Turlupin, échaudé, mais content. A quelque chose malheur est bon !

Lorsque l'eau se fut tarie, notre lapin s'approcha du trou, qui lui sembla une longue voûte noire ; mais au fond de cette voûte apparaissait l'herbe de la prairie, c'est-à-dire la liberté. Sans perdre une minute, il courut donner cette bonne nouvelle à Noirot, qui assura de son côté que dans quelques heures le trou qu'il creusait serait assez grand pour qu'il pût s'évader.

Les deux frères se donnèrent rendez-vous pour minuit.

Turlupin rentra encore une fois dans l'auberge, se frottant câlinement aux jambes des consommateurs, au jupon de madame Lustucru, qui était charmée d'avoir un aussi beau chat.

La soirée s'écoula ainsi. A onze heures, maître Lustucru ferma sa boutique, la servante alla se coucher, et madame Lustucru, après avoir arrangé dans la salle basse un bon lit à son gros minet, se retira dans sa chambre.

IV

Turlupin était trop agité pour pouvoir dormir. Il pensait à l'angoisse de son pauvre frère, à l'inquiétude de ses parents, et plus l'heure de la délivrance approchait, plus elle lui semblait difficile.

Enfin, la grosse horloge appendue au cabaret sonna douze coups lugubres. Turlupin se leva, tout frissonnant, jeta sa peau de chat sur son

lit moelleux, et courut à la porte de la cuisine qui donnait sur la basse-cour. Elle était fermée ; il avisa alors, à tâtons (les lapins n'ont pas comme les chats le don de voir la nuit), la pierre où se jettent les eaux sales. Cette pierre assez large allait en in-

Les deux frères se mirent à bondir...

clinant jusqu'au trou qu'avait remarqué Turlupin. Ce trou était bouché par un couvercle de bois. Turlupin, avec ses dents longues et son museau pointu, l'eût bientôt déplacé, et se glissa dans le trou qui donnait sur la basse-cour.

Lorsqu'il fut sorti, non sans peine, de cet étroit passage, il trouva Noirot, hors de sa boîte, qui l'attendait aussi tremblant que lui.

— Viens vite, dit seulement Turlupin, et suis-moi.

Le frère aîné se dirigea vers l'autre trou, où il s'enfonça résolùment suivi par Noirot.

Au bout d'une minute, ils se trouvèrent tous deux sur les bords de l'Yère.

— Sauvés! nous sommes sauvés! s'écria Noirot, ivre de joie.

— Tais-toi, et ne perdons pas notre temps.

Les deux frères se mirent alors à bondir de toutes leurs forces vers la forêt de Sénard. Une heure du matin sonnait à l'église de Brunoy quand ils se trouvèrent, toujours sur les bords de l'Yère, mais en face de leur forêt maternelle.

— Maintenant, comment traverser la rivière? dit Turlupin.

— C'est vrai, voilà un autre souci auquel nous n'avions pas songé, la rivière est large, et nous ne savons pas nager...

Nos deux lapins restaient là, fort embarrassés, lorsqu'un canard, que leur voix avait éveillé leur demanda, en grognant, ce qu'ils faisaient à cette heure, hors du bois.

— Hélas, c'est tout un drame terrible que nous ne pouvons vous conter maintenant, dit Turlupin. Sachez seulement, noble seigneur Canard, que

Turlupin aide Noirot à monter sur ce radeau vivant.

nous sommes bien malheureux de n'avoir pas, comme vous, des pattes à rames, pour aller rejoindre nos pauvres parents qui nous croient perdus...

— Vous voulez traverser la rivière? dit le canard.

— C'est notre seule ambition.

— Eh bien! je vais vous prouver que les bêtes s'aident entre elles comme les hommes. Çà, ma femme, mes fils, mes filles, réveillez-vous! s'écria le canard d'une voie nasillarde.

Aussitôt sortit des roseaux une nuée de canards, qui répondirent à l'appel de leur père par des *can can, can can*, répétés. Quand ils furent groupés autour du canard, celui-ci leur dit qu'ils devaient transporter les deux lapins de l'autre côté de l'Yère. Six canards se jetèrent bravement à l'eau, se serrant les uns contre les autres. Turlupin aida Noirot à monter sur ce radeau vivant, qui, nageant de concert, le porta sain et sauf à l'autre rive. On fit de même pour Turlupin. Comme les deux lapins se confondaient en remerciements : — Nous n'avons fait que notre devoir, répondirent les canards ; dans cette vie, on doit s'aider mutuellement.

Après avoir encore remercié les canards de leur désintéressement, Turlupin et Noirot prirent le chemin de leur demeure.

Personne n'y dormait, bien entendu, et les gémissements de dame Lapine s'entendaient à vingt lieues à la ronde. En voyant ses enfants, la pauvre mère manqua s'évanouir (si jamais les lapins ont perdu connaissance !). Elle les serra tendrement sur son cœur ; le pauvre père et les frères les embrassèrent tour à tour en pleurant.

L'aube se leva sur cette scène attendrissante. Mais tout le monde étant fatigué par les émotions de la nuit, on se coucha chaudement les uns auprès des autres jusqu'à midi . . . .

. . . .

Noirot est devenu le plus obéissant des lapins, et le bruit de sa mésaventure s'étant répandu dans la forêt de Sénard, maître Lustucru, qui ne put jamais s'expliquer la disparition mystérieuse de son gibier, tendit en vain de nouveaux pièges : aucun lapin ne s'y laissa prendre.

— Décidément, se dit l'hôtelier, les lapins de Sénard sont plus difficiles à attraper que les pratiques. . . . .

. . . .

Une rude leçon est parfois nécessaire. Le sort ne les épargne point aux aventureux, qui peuvent s'estimer chanceux quand elles ne se terminent pas plus lugubrement que ce petit drame champêtre.

TABLE DES MATIÈRES

PARIS. — IMPRIMERIE P. MOUILLOT, 13, QUAI VOLTAIRE.